Gerhard Jan Rötting

Als um Mitternacht eine fremde Gestalt erschien

Bibliografische Information der Deutschen Nationalbibliothek
Die Deutsche Nationalbibliothek verzeichnet diese Publikation in
der Deutschen Nationalbibliografie; detaillierte bibliografische
Daten sind im Internet uber http://dnb.d-nb.de abrufbar.

2. Auflage

ISBN 978-3-8429-2001-9

Bestell-Nr. 512 2001
© 2010 mediaKern GmbH, Meißenheim

Umschlaggestaltung: Frank Decker
Layout: Ch. Karádi
Herstellung: BasseDruck, Hagen

www.media-kern.de

Inhalt

Als um Mitternacht eine fremde Gestalt erschien

1

In den Niederlanden formierten sich nach dem letzten Weltkrieg (1939–1945) die jüdischen Synagogen-Gemeinden recht schnell: Es war den Gläubigen ein Herzenswunsch, bald wieder zusammenzukommen, um sich an Gottes heiligem Wort neu zu orientieren.

Ruiniert – wie die Juden nach dem Kriege waren – jammerten sie aber nicht und blieben nicht ohne Hoffnung ratlos und untätig. Sie waren erstens dankbar für die Errettung und dann setzten sie sich neue Ziele. »Wir gingen ans Werk, um für unsere Familien Wohnraum zu besorgen. Wir bauten neue Synagogen. Gott zu gehören und Ihm zu dienen – das ist unser Leben«, sagte mir Abraham Jifat, der mich vor drei Monaten besuchte.

Seine Lebensgeschichte verlief anders. Abraham Jifat ging im Kriegsjahr 1943 rechtzeitig in die niederländische Widerstandsbewegung. Dadurch rettete er sein Leben, aber er wurde zum Mörder an zwei deutschen Soldaten. Er kam zu mir – und erhielt Vergebung für seine Taten.

Seine Familienangehörigen wurden von den deutschen Besatzern ins Konzentrationslager verbannt. Sie kamen niemals wieder nach Hause: Sie wurden vergast oder sonst wie barbarisch umgebracht.

7

In der mittelfriesischen Provinzhauptstadt Groningen habe ich bald den vornehmen Stadtteil gefunden. Hier wohnen die betuchten Bankiers und wohlhabenden Geschäftsleute. Auch die jüdische Familie Jifat wohnt hier. Das kupferne Namensschild – links neben der Haustür – ist frisch poliert und hebt sich glänzend und prächtig deutlich von dem roten Backsteinmauerwerk ab. Die Hausnummer 23 zeigt mir, dass ich hier richtig bin.

Noch mehr als die vornehme Villa bewundere ich den blühenden Garten, der geradezu vor Blumenpracht überquillt. Mir gefallen besonders die zahlreichen Rhododendronsträucher mit den lilafarbigen Blüten. Das Summen der Bienen ist deutlich zu hören. Es mögen hunderte sein, ja unzählige, die fleißig und unermüdlich von Blüte zu Blüte huschen, um in den Blütenkelchen nach Nektar zu suchen.

Im Außenportal der Villa hängt rechts neben der Haustür der Metallstrang der Hausglocke, wie sie bei niederländischen Villen noch zu finden ist. Als ich daran ziehe, zucke ich regelrecht zusammen, denn es scheint mir, sie tönt mit lautem Klang durch das große Haus. Drinnen ist zuerst das Bellen eines Hundes zu vernehmen, dem eine Männerstimme gebietet: »Jetzt gib Ruhe, Moll!«

Die helle Eichentür öffnet sich.

»Sie müssen Pastor Rötting aus Deutschland sein, oder?«, fragt ein schwarzlockiger junger Mann. Er streckt mir freundlich die Hand entgegen: »Ich bin der Junior des Hauses und heiße wie mein Vater, den Sie ja kennen: Abraham Jifat. Meine Eltern freuen sich seit Tagen auf Sie. Meine Schwester Ruth kann es kaum erwarten, Sie kennenzulernen, denn mein Vater hat viel von der Begegnung mit Ihnen erzählt. War das vor zwei Monaten? Auch mein Onkel Joseph ist vorhin eingetroffen.«

Der Junior Jifat hält noch immer meine Hand. »Bitte, treten Sie ein, Herr Pastor! Der Gordon Setter tut Ihnen nichts, solange jemand aus dem Hause dabei ist.« Ich merke die herzliche Gastfreundschaft, denn er zieht mich geradezu in die breite Hausdiele, in der einige markante, fast mannshohe Holzschnitzereien stehen.

Der Junior nimmt mir die Jacke ab und geleitet mich auf die Veranda. Moll, der Gordon Setter mit seiner großen, schwarzen Nase und seinen dunkelbraunen, glänzenden Augen, begleitet uns brav. Er hat seine tief angesetzten Ohren dicht angelegt und beobachtet mich ununterbrochen.

Die Familie erhebt sich, als ich sie mit meinem ›Schalom‹ grüße. Alle reden durcheinander: »Herzlich willkommen, Herr Pastor!«

»Hatten Sie eine angenehme Reise?«

»Wie gut, dass Sie da sind!«

Der Hausherr umarmt mich: Küsschen links, Küsschen rechts – wie ich das aus Israel kenne.

Nur der Onkel Joseph zeigt sich ziemlich reserviert.

Bald sitzen wir in froher Runde beieinander. Aber hat der Familienvater Abraham Jifat mir bewusst diesen Tischplatz angewiesen – genau seinem Schwager gegenüber? Wiederholte Male schaue ich Onkel Joseph mit einem Lächeln an, das meine Gesprächsbereitschaft signalisieren soll. Der Onkel aber erwidert meine Offenheit keineswegs, sondern stiert mich mit unbeweglichem Blick nur an, während er die dicke Haarsträhne, die seine linke Gesichtshälfte bedeckt, hastig zur Seite schiebt, die jedoch nur sehr kurz hinter seiner Ohrmuschel hängen bleibt. Bekundet Onkel Joseph mit seinem starren Blick nur Verachtung, ja Groll gegen den Besucher aus Deutschland? Was ist nur mit ihm, frage ich mich.

Doch das Plaudern in geselliger Runde geht indessen noch eine halbe Stunde bei einem guten Friesentee weiter.

Der Hausherr räuspert und erhebt sich: »Lieber Pastor Rötting, herzlichen Dank für Ihr Kommen! Ich habe es kaum für möglich gehalten, dass Sie sich für mich Zeit nehmen. Seien Sie in unserem Hause von der ganzen Familie herzlich willkommen geheißen. Ich hoffe, Sie fühlen sich bei jüdischen Leuten wohl – und ganz und gar bei uns zu Hause!«

Auch ich erhebe mich und bedanke mich für den familiären Empfang. Meine Worte werden von einem höflichen Applaus begleitet – nur Onkel Joseph bleibt steif und regungslos sitzen. Hat er seine Hände bewusst in die Hosentaschen gesteckt?

Tochter Ruth hat sich ans Klavier gesetzt und Sohn Abraham spannt erst den Geigenbogen, um dann seine Violine unters Kinn zu legen.

»Wir schenken unserem Gast ein Mozart-

Duo und hoffen, Pastor Rötting, es trifft Ihren inneren Ton«, meint der Junior.

Ich bewundere das musikalische Können der Kinder. Aber auch beim wohlverdienten Beifall für die begabten Musiker behält Onkel Joseph seine Hände in den Hosentaschen. Mutter Sarah erklärt, Ruth musiziere auch jetzt in der Zeit ihrer Gymnasial-Abschlussprüfung immer noch täglich die gewohnte volle Stunde am Klavier. Sohn Abraham, der im dritten Semester Medizin studiere, sei so in seine Violine verknallt, dass er quasi mit dem Instrument und dem Notenmaterial verheiratet sei. Wir lachen alle miteinander über diesen ungewohnten Vergleich – und Sohn Abraham pflichtet seiner Mutter bei.

Die Kinder verabschieden sich. »Wir sehen uns ja heute zum Abendessen, nicht wahr?«, meint Vater Abraham.

»Klar, was denn sonst? Wenn solch hoher Besuch im Hause ist, dann spielen wir etwas ganz Besonderes. Ihr könnt euch schon auf heute Abend freuen«, meint der Junior, als er die Tür hinter sich schließt.

»Sie werden sich fragen, Pastor Rötting,

warum ich Sie vorige Woche angerufen habe. Am Telefon konnte ich nicht sagen, was der Grund meiner Einladung ist. Doch das will ich jetzt nachholen.«

Onkel Joseph schaut mich noch immer mit seinem durchbohrenden Blick an. Irgendwie verunsichert mich der schweigende Mann, der mir unnahbar erscheint. Aber ich halte seinem Blick stand, bis er sein Gesicht, das von mehreren zentimeterlangen Narben gezeichnet ist, von mir abwendet.

»Pastor Rötting, wir müssen Ihnen unsere Geschichte erzählen, denn sie kommt uns außerordentlich fremd und doch wichtig vor«, beginnt der Hausherr.

»Mehr noch«, ergänzt seine Frau, »dieses nächtliche Erlebnis beinhaltet etwas Unheimliches und hat uns doch sehr wohl getan. Wir haben keine Erklärung, was uns widerfahren ist. Wir rätseln herum, was diese Geschichte uns zu sagen hat.« Frau Jifat schaut ihren Mann mit großen Augen fragend an: »Oder sollen wir das nächtliche Erlebnis als ein Störfeuer des Bösen halten, der unseren Glaubensanfang mit Christus in eine falsche Richtung lenken will?«

»Der Grund meines Anrufes in der letzten Woche ist, dass wir Ihren Rat brauchen. Dass wir Mijnheer Joseph Zilversmid, den Bruder meiner Frau, heute auch eingeladen haben, hängt damit zusammen. Onkel Joseph ist der Synagogenvorsteher in Groningen. Er brachte uns auf den Gedanken, Sie einzuladen, denn auch er weiß sich keinen Rat. Schließlich waren Sie es, Herr Pastor, der mich von einer jahrzehntelangen Gewissenslast befreit hat und mich in die Nähe unseres Bruders Jesus von Nazareth gestellt hat.«

Ja, das ist schon einige Monate her, dass Abraham mich daheim besuchte. Und was kommt nun?

In welcher Angelegenheit weiß Onkel Joseph keinen Rat? »Sie sind Synagogenvorsteher?«, frage ich mein Gegenüber spontan. Als er mir sein narbenreiches Gesicht ganz zuwendet, erkenne ich durch die Haarsträhne, die eine Gesichtshälfte halb verdeckt, ein sehr strahlendes Auge. Doch mit dem anderen Auge starrt er mich weiterhin an. Ist es ein künstliches Auge, auf das ich geschaut habe?

»Komm, Joseph, erzähl unserem Gast deine ganze Geschichte«, bittet seine Schwester.

14

Onkel Joseph holt tief Luft, schwenkt seine dicke, schwarze Haarsträhne zum wiederholten Male hinters Ohr und schaut mich mit dem starren und dem strahlenden Auge an:

»Unsere Eltern, meine drei Brüder und Sarah, meine einzige Schwester, kamen 1943 in Viehwaggons nach fünftägiger Reise endlich – völlig entkräftet – im Konzentrationslager Auschwitz-Birkenau an. Als Familie wurden wir dort getrennt und in verschiedenen Baracken untergebracht. Ich wurde mit Tschechen, Polen und anderen Niederländern einquartiert und wir bekamen eine wichtige Aufgabe zugeteilt. Abraham und Sarah wissen: Wenn ich darüber erzähle – jetzt, nach so vielen Jahren – dann beginnt meine Stimme zu beben. Entschuldigen Sie bitte, Herr Pastor, wenn meine Stimme beim Erzählen versagen sollte.«

Ich nicke Onkel Joseph verständnisvoll zu. Wieder schwenkt er seinen dicken Haarschopf aus dem Gesicht, holt erneut tief Luft, während er ein weißes Taschentuch aus der Hosentasche zieht und auf sein Knie legt.

»Also«, fährt Onkel Joseph fort, »die KZ-Aufseher führten mich in den Dienst ein, den ich fortan von morgens bis abends zu verrichten hatte. Sie sagten zu mir: ›Täglich sterben hier in Auschwitz-Birkenau viele Lagerinsassen. Die werden von den Mithäftlingen deiner Baracke beerdigt. Doch bevor das geschieht, wirst du mit dieser Zange die Mäuler der Toten öffnen und nach ihren Zähnen schauen. Siehst du Gold darin, pack die Zange und reiße die Goldzähne raus. Kapiert? Neben dir steht eine Schüssel. Da hinein kommen die Goldzähne. Und wehe, du übersiehst auch nur *einen* Goldzahn! Sie alle müssen aus den Mäulern dieser toten Schweine! Wehe dir, du vergreifst dich an diesem Gold! Erwischen wir dich dabei, ist das dein sicherer Tod!‹

Ich hatte diesen Befehl zu wiederholen.

›Gut so! Und nun ans Werk!‹, schnauzte ein Aufseher mich an.

Zwei Wächter brachten mich an ein Fließband, auf dem bereits unbekleidete Leichen lagen. Mir gegenüber stand ein Häftling, der dieselbe Aufgabe zugewiesen bekommen hatte wie ich. ›Du neu hier? Du Italienmann oder Franzosenmann? Ich Tscheche. Ich Jude und 24

16

Jahr alt!‹, flüsterte er mir nach einer Stunde zu. Ich verriet ihm weder meine Herkunft noch meine 22 Jahre.

Ich hätte ihm auch nichts Banales zu erzählen gewusst, denn ständig musste ich die Gesichter der Gestorbenen anschauen. Die meisten waren – wie wir beide am Fließband – Juden. Ein Wärter stieß mich anfänglich mit seinem Ellenbogen heftig in die Nierengegend: ›Mach schon!‹

Ich machte. Und fand Zahngold. Mit der Zange zog ich den Toten die Zähne aus oder brach goldene Zahnbrücken aus ihren Kiefern und warf meine hochwichtigen Funde in die metallene Schüssel, die neben mir stand. Es klirrte jedes Mal, wenn wieder ein Zahn gezogen war – ein schrilles Klirren. Das metallische Geräusch! Fast jede Nacht schrecke ich aus dem Schlaf auf und höre dieses Klirren. Jene grausame Zeit ist für mich noch längst nicht abgeschlossen. Wie damals erbreche ich fast jede Nacht.

Die Wächter erlaubten es mir nicht, den Mund auszuspülen, wenn ich mich übergeben hatte und trieben mich zur schnelleren Arbeit an: ›Stell dich nicht so an!‹, schrien sie. ›Du ekliger Jude, lass deine Intelligenz walten, dann findest du Befriedigung an deiner Arbeit!‹

Alle Leichen auf dem Fließband rochen gleich. Alle hatten denselben Geruch an sich, der mich mehrmals am Tage zum Erbrechen brachte.

Wochen vergingen. Nie mehr sah ich meine Eltern. Es war nicht in Erfahrung zu bringen, in welcher Baracke sie lebten und wie es um ihre Gesundheit stand. Jeder Häftling stand wie unter einer drohenden Angstglocke. Das Nichtwissen um meine lieben Angehörigen quälte mich. Hin und wieder meinte ich, den einen, dann den anderen Bruder von Weitem zu erkennen, wenn sie auf Lastkraftwagen geladen wurden, um in Nebenbetrieben zu arbeiten – wie Mitgefangene es mir zuraunten. Ich wagte es nicht, meinen Brüdern zuzuwinken, sah aber mit schnellem Blick, wie schrecklich abgemagert sie waren. Aber waren wir nicht alle spindeldürr?

Meine liebe Schwester – damals achtzehn Jahre alt – sah ich überhaupt nicht mehr, hörte aber die Mithäftlinge abends murmeln, wenn wir in unseren Kojen lagen:

›Es werden medizinische, nahrungschemische Experimente an Mädchen und Frauen durchgeführt, die oft tödlich enden.‹

Ängstlich verkroch ich mich unter die dünne Baumwolldecke: Solch Geflüstere wollte ich nicht hören! Ich weinte eine Weile und betete lange für Eltern und Geschwister, besonders aber für Sarah.

Dann kam ein schrecklicher Tag.

Vier oder fünf Stunden hatte ich am Fließband gestanden, auf denen die noch warmen Toten von uns beiden Häftlingen bearbeitet wurden.

›Mutter! Mutter!‹, schrie ich, ließ mein Werkzeug fallen und presste danach beide Hände vor dem Mund, damit mein schrecklicher Schmerz auf meiner Zunge bleibe und nicht von den Wächtern gehört würde. Denn da rollte meine Mutter auf dem Fließband heran. Alsbald verbarg ich Mund und Augen mit beiden Händen. Vor mir lag das Liebste meines jungen Lebens. ›Mutter!‹ Noch einmal schaute ich hin, ob sie es wirklich ist. Ja! Da lag sie. Ich wollte Abschied nehmen. Mir blieb die Luft weg. Halte dich fest – am Fließband, durchpulste es mich.

Der Atem stockte. Kurz berührte ich Mutters Wangen und Haare. Ich sackte zu Boden. Die Aufseher müssen sofort da gewesen sein. Sie traten mich mit ihren Stiefeln aus der Bewusstlosigkeit. Einer von ihnen stellte sich mit beiden Füßen auf meinen Unterarm, der wiederholte Male knackte. Ich hätte normalerweise aufschreien müssen, so stark waren die zugefügten Schmerzen. Aber sie waren weniger stark als der Abschiedsschmerz von Mutter.

Ein anderer trat mich oft und immer wieder ins Gesicht, bis aus der Nase, aus beiden Ohren und dem linken Auge Blut floss. Viel Blut.

Als ich schließlich ins Lagerlazarett getragen wurde, meinte der deutsche Arzt: ›Da besteht keine Aussicht, dass wir die Knochensplitter des Unterarmes je wieder zusammensetzen können. Wir amputieren.‹ So geschah es am selben Tag.

Die Blutungen aus Nase, Mund und Ohren hörten gegen Abend nach und nach auf. Etliche Tretwunden im Gesicht wurden nicht genäht, sondern lediglich mit Tupfern bedeckt, die mit Pflasterband festgeklebt wurden.

›Und was das linke Auge betrifft: Es ist nicht zu retten. Wir entfernen es morgen.‹

20

Eine Woche durfte ich mich tagsüber in der Baracke aufhalten. Das sei eine Vergünstigung, hieß es. Ich litt Schmerzen im Gesicht, am Armstumpf und an der Augenwunde. Die Wunden wurden nur morgens in der Frühe notdürftig behandelt. Meine Seele litt noch mehr: Mutter! Ihr Gesicht – ja, ich hatte es noch mit beiden Augen kurz geschaut! Aber was ist nun mit Vater? Mit meiner Schwester Sarah? Mit meinen drei Brüdern? Ihr Lagerschicksal bewegte mich mehr als der Verlust meines Auges und meines Armes.

Nach einer Woche wurde ich vom Lagerarzt als teilweise arbeitsfähig erklärt, kam in die alte Abteilung – nicht mehr ans Fließband, sondern ich hatte nun die gezogenen Zähne und goldbestückten Gebisse zu sortieren.

Im Januar 1945 befreiten uns russische Kampftruppen. Wir konnten uns im Lager frei bewegen. Ich fand Sarah – völlig abgemagert. Doch Vater und unsere drei Brüder folgten unserer Mutter in die Gaskammer.

Es wurde Juni 1945, als ich mit Sarah nach Groningen zurückkehrte. In unserem Hause wohnten zwei niederländische Familien. Wir beiden standen auf der Straße. Da habe ich Sarah umarmt und ihr versprochen: ›Ich werde mich rächen! Alles, was deutsch ist, werde ich meiden. Nein, ich werde nicht töten – keinen Deutschen. Nein! Aber sie meiden, ja, denn sie sind meine Feinde.‹

Meine Geschichte ist noch nicht zu Ende. Vor drei Monaten kam mein Schwager Abraham in unsere Synagoge. Freudestrahlend berichtete er der Gemeinde: ›Ihr ahnt nicht, wie glücklich ich bin!‹

Abraham Jifat – das seit Jahren depressive Synagogen-Mitglied ist glücklich?

›Sag, was ist mit dir passiert?‹, fragten einige Gläubige. ›Hast du ein besonders gutes Geschäft abgeschlossen?‹

›Hast du einen Schatz entdeckt?‹

›Mehr als einen Schatz!‹

›Komm, spann uns nicht auf die Folter, Abraham.‹

›Ihr kennt mich und mein lustloses Leben, meinen Argwohn gegen jedermann, mein depressives Verhalten – auch in der Synagoge. Insgesamt habe ich seit Kriegsende ein qualvolles Leben geführt, obwohl Sarah und unsere Kinder alles denkbar Gute für mich ersinnen, Tag für Tag. Habt ihr mich je lachen gesehen? Keiner von euch hat mich je fröhlich gesehen. Sarah weiß, dass ich nachts weinte, weil ich litt. Nicht an einer Krankheit. Wohl aber an meiner Schuld an zwei deutschen Soldaten, die ich im Krieg umgelegt habe. Klar, es mag Notwehr heißen, was ich tat. Aber ich litt unsäglich. Mir kam es vor, als ob meine Schuld stets stärker auf mir lastete. Ihr Männer seid zu mir gekommen, um mich zu trösten. Dafür danke ich euch jetzt. Ihr habt versucht, meinen Gemütszustand aufzuhellen. Doch hat es irgendetwas genutzt? Nein. Ich sah keinen Ausweg. Keinen. Und da bin ich nach Deutschland gefahren.‹

›Sag bloß, du hast einen Therapeuten gefunden, der dich mit einer Seelenmassage zusammen geflickt hat! Sag schon!‹

Mein Schwager Abraham hielt uns in der Synagoge eine Rede, wie ich sie noch nie gehört habe. Er sagte etwa so:

›Meine Sünde war blutrot. Der Prophet erklärt es so: Schneeweiß aber soll sie werden. Und *das* ist mir passiert. Ich brauchte keinen Therapeuten im herkömmlichen Sinne. Da hat einer meine Sündenlast von meinen Schultern, von meiner Seele genommen. Er hat mein Denken erneuert. Ja, mein ganzes Leben hat er umgekrempelt – zum Guten hin. Ich bin durch ihn freigesprochen. Ich kann euch sagen: Ich liebe ihn. Und wenn ihr wissen wollt, wer das geschafft hat? Bitte, haltet euch an euren Stühlen fest. Es ist der Mann aus Nazareth, unser Bruder Jesus. Nun teilt mit mir die Freude, das Glücklichsein!‹

Niemand widersprach ihm. Die absolute Stille in der Synagoge wurde nur unterbrochen von Schluchzen und lautem Weinen. Ja, wir Männer weinten, weil wir die bisherigen, jahrelangen Seelennöte von unserem Abraham kannten, der plötzlich durch und durch glücklich ist. Und er hat in den letzten drei Monaten dafür gesorgt, dass wir unseren Bruder Jesus kennenlernten. Abraham hat uns Sabbat um Sabbat aus dem Neuen Testament vorgelesen, das Sie, verehrter Pastor Rötting, ihm schenkten, als er in Ihrem Hause die Vergebung zugesprochen bekam, die Sie ihm in Jesu Namen auf den Kopf zugesagt haben.«

Onkel Joseph hat sich erhoben und reicht

mir über den Tisch hinweg seine beiden Arme entgegen, die ich fasse und drücke. Da fühle ich die Prothesenhand, die hart und unbeweglich in meiner Hand liegt, aber ich drücke sie dennoch lang und intensiv, während er mich anschaut. Ein kurzes, dankbares Lächeln huscht über Onkel Josephs Gesicht.

»Als Synagogenvorsteher bitte ich: Segnen Sie mich – in Jesu Namen. Denn ich will nicht mehr hassen – keinen Deutschen, ja, niemanden mehr. Denn ich habe angefangen zu lieben. Da ist nun kein Platz mehr für Negatives, weil Jesus, der Sohn des lebendigen Gottes, mich nun vollends mit Seiner Liebe ausfüllt. Da ist kein Platz für etwas anderes.«

Ich komme um den Tisch herum, wo Onkel Joseph niedergekniet ist. Im Stillen erbitte ich vom Herrn Jesus die passenden Worte für diesen Synagogenvorsteher. Niemals ist es der Mensch, der den Segen in eigener Regie austeilt. Der Handelnde ist der Herr Jesus selbst. Segnende sind Seine Diener, *durch* die Er wirkt, denn unter die Hände Seiner Boten legt Er jeweils Seine Hände.

Als ich Onkel Joseph die Hände auflege, geht

spürbar eine göttliche Kraft durch meine Arme.

>*In Jesu Namen sei gesegnet, Bruder Joseph
Zilversmid.*
*Gott wohnt in dir. Er ist dir nahe, was immer
dir auf dem Weg des Lebens begegnet.*
*Er ist an deiner Seite – in Freude und Schmerz
und lässt aus beidem Gutes für dich erwach-
sen.*
*Der Herr schenkt dir ein offenes Herz für alle,
die dich brauchen – und das sind viele.*
*Es ist der Herr, der dir Selbstvertrauen und
Mut schenkt, wann immer du sie brauchst,
wenn Menschen dich verwunden:*
Er aber, den du liebst, Jesus, wird dich heilen.
*Sei gesegnet, um selber zum Segen für andere
zu werden.*
Der Herr segne und behüte dich.
*Der Herr lässt Sein Angesicht über dir leuch-
ten.*
Er ist dir gnädig.
*Der Herr schaut auf dein Angesicht und gibt
dir Seinen Frieden. Amen.*<<

Onkel Joseph Zilversmid umarmt und küsst

mich nach jüdischer Sitte: »Pastor Rötting, ich habe soeben den Zufluss der Liebe Gottes deutlich erlebt. Nun bin ich mit Gott versöhnt. Das schließt aber ein: Nun bin ich auch mit allen Deutschen versöhnt. Für immer und allezeit. Mein einstiger Hass ist geschmolzen – wie Schnee in der Sonne schmilzt. Ahnen Sie, wie glücklich ich jetzt bin?«

Abraham und Sarah stellen erstaunt fest: »Joseph, du warst noch nie so ungezwungen und locker wie eben gerade jetzt. Uns scheint, du willst gleich singen und tanzen vor Freude. Stimmt's?«

Stille Freude durchzieht die Veranda, die göttliche Gegenwart ist spürbar. Dankbar redet man über den mächtigen »Schalom«, der spürbar in unserer Mitte ist: Jesus, der auferstandene Herr, der uns miteinander segnet.

Nach dem Abendessen versetzen uns die Jifat-Kinder mit ihrem ausgezeichneten Musizieren geradezu in Hochstimmung. Sogar Moll mit seinem gepflegten, glänzend kohlschwarzen Fell und kastanienroter Schnauze liegt an der Tür – als müsse er sie bewachen.

Wir beschließen, über die sonderbare Nachtgeschichte, die Abraham und Sarah neulich im Hause erlebten, morgen zu sprechen.

Mit einem Nachtgebet, das ich spreche, beschließen wir diesen wundervollen Tag. Der Herr Jesus sagt in der Bergpredigt: »… Morgen regelt sich das Morgen.«

Am nächsten Morgen frühstückt die Kaufmannsfamilie schon früh, weil die Tochter Ruth rechtzeitig im Gymnasium und Sohn Abraham pünktlich zum Seminar an der Universität sein möchte.

Onkel Joseph trifft ein, als Ehepaar Jifat und ich gerade vom Frühstückstisch aufgestanden sind. Der Hausherr bittet uns alle in die gemütliche Veranda:

»Pastor Rötting, unsere beiden Kinder sind begeistert von dem Segen, den Sie Onkel Joseph erteilten. Wir haben gestern Abend noch lange zusammengesessen. Beide haben sich alle Einzelheiten des Gespräches und der Segnung an ihrem Onkel Joseph wiederholte Male von uns erzählen lassen. Unser Sohn meinte: ›Solch ein

Segen! Und ausgerechnet in unserem Hause findet er statt. Vater, ob ich später auch solchen Segen zugesprochen bekommen werde? Denn du weißt, dass ich den Herrn Jesus von ganzem Herzen liebe.‹ Und unsere Tochter fragte: ›Liebe ich Jesus weniger als Abraham? Doch wohl kaum, oder?‹«

Wir schauen uns gegenseitig lachend an.

»Die Kinder werden eines Tages an Sie, Pastor Rötting, mit dieser für sie selbstverständlichen Bitte herantreten, in Jesu Namen gesegnet zu werden«, meint Mutter Sarah.

»Da dieser göttliche Segen in Fülle vorhanden ist«, meint Onkel Joseph, »wird er sicher auch über die Kinder dieses Hauses reichlich ausgeschüttet werden, nicht wahr?«

Ich schaue schweigend die Eltern Jifat an – und nicke nur.

»Abraham, jetzt ist es Zeit, dass du Herrn Pastor Rötting unsere nächtliche Geschichte erzählst. Deshalb hast du unseren Gast ja eigentlich von weither kommen lassen«, meint die Hausfrau und rückt dabei die handgearbeiteten Kissen in ihrem Lehnstuhl zurecht, in dem sie es sich gemütlich macht.

Durch die breiten Verandafenster scheint die Sonne herein auf die Pflanzen und Blumen auf der Fensterbank und lässt die Farben der herrlichen Blütenpracht noch mehr aufleuchten.

Onkel Joseph sitzt mir wieder gegenüber – wie am gestrigen Abend. Auch jetzt versucht er mit einer Hand ständig, seine dicke Haarsträhne hinter das Ohr zu legen. Doch sie tut ihm nicht den Gefallen, dort zu bleiben; alle paar Minuten springt ihm die Haarfülle wieder ins Gesicht.

Vater Abraham steht auf, um ein kurzes Gebet zu sprechen, setzt sich danach in seinen gemütlichen Sessel und deutet mit einem Lächeln an: Diese Geschichte berührt noch immer sein Herz.

»Lieber Pastor Rötting, als ich vor einem Vierteljahr bei Ihnen zu Hause war und mein Leben dem Herrn Jesus ausgeliefert habe, da berichtete ich Ihnen schon kurz von dem nächtlichen Erlebnis, das uns bis heute bewegt. Ich werde Ihnen zum Schluss noch eine Frage stellen. Auch Sarah, meine liebe Frau, möchte eine Antwort auf diese Frage haben.

Ich liege an diesem Abend seit mehr als einer

Stunde im Bett und finde keinen Schlaf. Sarah hat sich auf die Seite gelegt und atmet leise. Als es draußen allmählich hell wird, berührt Sarah vorsichtig meine Schulter: Ich muss doch kurz eingeschlafen sein. Sie flüstert: ›Abraham, wach auf! Schau!‹ Langsam drehe ich mich meiner Frau zu, die meinen Kopf in ihre beiden Händen genommen hat. ›Schau, Abraham, schau genau hin!‹ Langsam dreht sie mein Gesicht zum Fußende unseres Bettes. Der Schlaf hängt mir noch in den Augen.

›Abraham‹, flüstert Sarah, ›da ist jemand!‹

›Da ist jemand? Wo? Wer?‹

Wirklich. Als ich meine Augen weit genug geöffnet habe, sehe ich am Fußende zwei helle Flecken – handflächengroß – und richte mich auf, um mehr erkennen zu können. Doch ohne Brille sehe ich alles nur verschwommen. Meine Hand tastet nach der Brille, die auf dem Nachttischchen liegt. Als ich sie berühre, rutscht sie weg und fällt mit unüberhörbarem Klick auf den Linoleumboden. Danach bleibt es im Schlafzimmer absolut still, wir beide rühren uns nicht.

Das Scheinwerferlicht eines Autos erhellt für

kurze Augenblicke unser Schlafzimmer. Nun sehe ich, dass wirklich jemand in unserem Schlafzimmer steht. Mich gruselt es. Sarah rutscht näher an mich heran. Wer mag da stehen? Unser Sohn ist es nicht, denn er hat einen wuscheligen Haarschopf. Aber ich sah für kurze Momente: Dieser Jemand trägt langes Haar. Und sein Gesicht?

Ich wage kaum zu atmen. Sarah ergeht es nicht anders. Wir harren lautlos aus. Ich umklammere Sarahs Schultern und drücke sie fest an mich. Sind wir in einer bedrohlichen Lage? Mein Atmen wird immer holpriger. Nur noch stoßweise ziehe ich vorsichtig die Luft ein und überlege, wer mich bedrohen könnte. Denn seit ich vor drei Monaten im Hause von Pastor Rötting Christ geworden bin, habe ich dadurch ja nicht nur Freunde gewonnen. Für die nächsten Augenblicke bleiben wir noch regungslos liegen. Nein, wir stellen uns nicht schlafend. Das wäre feige. Worte kann ich in meinem trockenen Mund nicht bilden. Im Nachtschränkchen liegt jene Pistole, mit der ich vor vielen Jahren im Krieg zwei deutsche Besatzungssoldaten ermordete, als sie mich auf der Landstraße anhielten, um eine Kontrolle vorzunehmen. Ich war damals als Untergrundkämpfer unterwegs, um Waffen und erbeutete deutsche Wehrmachtsuniformen von einer Stadt in die andere zu transportieren. Ich schoss die beiden Deutschen nieder – und lief um mein Leben davon. Diese Pistole habe ich vor drei Monaten Ihnen, Pastor Rötting, vorgelegt, als ich bei Ihnen zu Hause mein Leben dem Sohne Gottes, dem Herrn Jesus Christus für immer auslieferte. Sie gaben mir aber die Waffe zurück – weil ich Christ geworden war und nicht mehr in Gefahr stand, sie zu missbrauchen. Seitdem habe ich sie nicht mehr in die Hand genommen. Das Kapitel ›Doppelmord‹ ist abgeschlossen, weil das Blut meines Heilandes Jesus Christus mich von aller Sünde gereinigt, ja freigesprochen hat. Werde ich jetzt durch den ungebetenen Eindringling dafür bestraft, dass ich diesen Glaubensschritt tat und Christ wurde? Werden wir beide in dieser Nacht dafür nun umgebracht? Es durchzuckt mich: Soll ich – ganz vorsichtig – versuchen, die Pistole aus der Schublade herauszunehmen, um uns zu verteidigen? Innerlich lausche ich und höre: ›Nein!‹

›Aber Herr Jesus, siehe, wie machtlos ich bin!

Ich kann mir jetzt nicht helfen – und Sarah, meine liebe Frau, auch nicht. Hilf du, Herr Jesus!‹

›Abraham!‹, haucht Sarah mir nun ins Ohr. ›Was mag mit unseren Kindern passiert sein? Alles ist so still im Haus. So unheimlich still!‹

Soll ich nach Abraham und Ruth rufen? Soll ich Hilfe herbeischreien? Aber was passiert dann mit uns? Wird durch mein Schreien der Eindringling aggressiv? Wird durch mein Rufen nach Hilfe unsere Lage noch verschlimmert? Im Stillen rufe ich den Namen Jesus über uns aus. Denn in Seinem Namen ist Macht und Kraft, Sieg und Frieden. So habe ich es von Pastor Rötting gelernt.

Gespannt höre ich, wie sich ein Auto unserem Hause nähert. Der Lichtstrahl der Lampen erhellt mehr und mehr unser Schlafzimmer. Noch immer ruhen die beiden Hände auf dem Fußende unseres Bettes. Da! Da erkenne ich – ohne Brille – die beiden Hände deutlich: Auf den Handflächen sind vernarbte, runde Wundmale! Schon ist der Lichtstrahl des Autos vorbei. Ich richte mich gänzlich auf, während Sarah sich hinter meinem Rücken verbirgt.

Plötzlich kann ich ganz tief Luft holen. Meine Augen suchen die helle Gestalt, die sich aber wieder ganz im Dunkel des Schlafzimmers befindet. Ich wage es, leise zu sprechen:

›Herr!‹

Alles bleibt ruhig. Nichts rührt sich.

›Herr Jesus, bist du es?‹

Meine Augen trüben sich ein. Sie füllen sich mit Tränen.

›Bist du zu uns gekommen? Jesus, König aller Könige, du …‹

Sarah lässt mich los und richtet sich langsam neben mir hoch:

›Abraham, das ist unser Herr Jesus.‹

Wir beide recken unsere Hälse nach vorn – zum Fußende, um unseren Besucher besser zu erkennen. Doch die Hände sind nicht mehr da.

›Herr Jesus, bleibe bei uns‹, sage ich lauter.

›Bitte, bleibe bei uns!‹

Als wieder das Schlafzimmer für einige Augenblick durch ein vorbeifahrendes Fahrzeug hell erleuchtet ist, sehen Sarah und ich: Die Person, die uns besuchte, ist nicht mehr dort, wo sie stand. Ich springe aus dem Bett und knipse die Schlafzimmerlampe an, hebe die heruntergefallene Brille auf und setze sie auf die Nase. Merkwürdig: Unser wachsamer Hund Moll hat in der ganzen Zeit nicht gebellt. Die Schlafzimmertür ist zu. Auf dem Flur zünde ich die Deckenlampe an: Niemand ist zu sehen. Vorsichtig öffne ich die Schlafzimmertür unseres Sohnes. Er liegt in einem tiefen Schlaf. So leise ich diese Tür öffnete, so leise schließe ich sie wieder.

Nebenan ist das Zimmer unserer Tochter Ruth: Auch sie schläft. Auch im Gästezimmer ist niemand zu sehen.

Nun springe ich die steile Treppe herunter und schaue im Erdgeschoß in allen Räumen nach. Alle Türen und Fenster sind zu. Niemand ist da!

Als ich die Treppe wieder hochsteige, um ins Schlafzimmer zurückzukehren, höre ich, wie Sarah nach mir ruft:

›Abraham! Schau, was ich gefunden habe!‹

Sie sitzt immer noch aufrecht im Bett und hält ihre Bibel aufgeschlagen in den Händen. Seit Monaten liest sie mir abends vor dem Schlafengehen aus dem Neuen Testament vor, wenn ich meine Brille schon auf den Nachttisch gelegt habe.

Immer entdecken wir Neues in den Schriften des Testamentes.

›Schau, was ich entdeckt habe!‹

Sie legt den Finger auf das Bibelwort, schaut mich glücklich an und ihre Stimme bebt, als sie mir zuversichtlich vorliest:

›Euer Herz erschrecke nicht! Glaubt an Gott und glaubt an mich!‹

›Abraham! Das hat unser Herr Jesus gesagt! Genau das steht hier geschrieben – schwarz auf weiß!‹

Sarah hebt die Bibel hoch und küsst die Jesusworte.

›Abraham, wir müssen uns nicht fürchten! Ist es nicht zum Freuen, was wir soeben erlebt haben? Wie der Heilige Geist in uns Gläubigen wohnt, so leben auch der himmlische Vater und Sein einziger Sohn Jesus in uns. Ja, wir haben etwas Besonderes erlebt: Der Herr hat uns besucht. Schau, Abraham, hier steht es, was Er ausdrücklich Seinen Nachfolgern zugesagt hat: Ich komme zu euch!‹

Und Sarah liest weiter:

›Wenn jemand mich liebt,
so wird er mein Wort befolgen,
und mein Vater wird ihn lieben,
und wir werden zu ihm kommen
und Wohnung bei ihm machen!‹

Wir umarmen uns. Als wir uns hinlegen, gebe ich meiner Frau einen herzlichen Kuss und sage ihr:

›Ja, wir lieben unseren Herrn Jesus. Klar! Nicht perfekt, aber so gut wir es vermögen. Und jedes Seiner Worte werden wir befolgen. Wir tun, was Ihm wichtig ist und was Ihn erfreut. Für uns bleibt es wichtig: Was wir aus Dank und aus Liebe anderen Menschen an Gutem tun – es wird uns künftig Freude bereiten. Welches Glück ist es für uns Christen, zu wissen: Der himmlische Vater liebt uns.‹«

Abraham Jifat schaut mich freudestrahlend an:

»So ist es passiert, Pastor Rötting. Aber wir möchten sicher sein, dass uns kein Gespenst besucht hat. Nie zuvor habe ich von Christen gehört, dass der Herr Jesus zu ihnen gekommen ist, um sie persönlich zu besuchen. Was sagen Sie dazu? War es ein Wunder? Deshalb habe ich Sie hierhergerufen. Ich möchte aus Ihrem Munde hören, ob unsere Freude berechtigt ist.«

Die Tür zur Veranda – bisher nur einen Spaltbreit geöffnet, bewegt sich; Moll, der große Haushund, legt sich zu meinen Füßen.

»Schau, Abraham! Das hat Moll noch bei keinem unserer Gäste getan. Er scheint dabei sein zu wollen, wenn wir über den Herrn Jesus Christus sprechen – und über dessen Frieden, den Schalom, der in uns wohnt«, meint Sarah. Moll hat seinen Kopf auf die flauschigen Pfoten gelegt. Ich kraule seinen Pelz.

»Was ihr beide erlebt habt, ist eine besondere Erfahrung. Es ist sicher ein einmaliges Geschehen, das sich womöglich nie wiederholt. Aber ich bin mir sicher, dass der Herr Jesus in Seiner gütigen Herzlichkeit euch zeigen wollte: Ihr gehört zu mir. Er hat bestätigt: Ich habe euch akzeptiert. Abraham und Sarah, behaltet diese Herzlichkeit in eurem Herzen! Macht kein Aufsehen daraus, dass Er euch erschienen ist. Seid aber allezeit gewiss: Jesus liebt euch. Das zählt. *Das* bleibt eure Erfahrung. Freut euch dieses

Glückes, dieser Liebe. Denn die Liebe des drei-einen Gottes ist nicht nur für Denkende allein, sondern besonders für die vielen, die wiederum den Herrn Jesu *lieben*. Solche Liebe wächst in euch. Sie entwickelt sich. Jesu Liebe führt und behält euch in Seine Herrlichkeit.

Ist euch aufgefallen, dass der Herr Jesus kein Wort zu euch gesagt hat, als Er euch Seine Hände zeigte?«

Abraham und Sarah schauen sich fast gleichzeitig an und nicken verstehend. Ich strecke beiden meine Hände entgegen, um sie kräftig zu drücken. Onkel Joseph hat sich zur Seite seiner Schwester gestellt. Ihn schaue ich liebevoll an:

»Jesus brauchte in jener Nacht euch *nichts* zu sagen, weil alles schon gesagt ist – im Neuen Testament. Ich weiß: Darin lest ihr. Darin sucht ihr Ihn.

Auf folgende zwei wichtige Aspekte will ich euch noch aufmerksam machen.

Erstens: Jesu Worte genügen für alle Zeiten. Für euch und für jedermann. Seine guten Worte bleiben immer gültig. Sie haben Ewigkeitswert, *denn Seine Worte vergehen nie.* Auf jede Seiner Aussagen ist Verlass.

Zweitens: *Seine Liebe zu euch* – ja, zu allen Menschen, die sich zu Ihm zählen – *hört niemals auf.* Darauf verlasst euch."

Abraham, Joseph und Sarah haben es sich nicht nehmen lassen, mich zum Bahnhof zu begleiten. Wir warten auf den Zug, der mich nach Deutschland zurückbringen wird. Auf dem Bahnsteig bedankt sich Abraham Jifat nochmals bei mir.

Als aber der Zug noch auf sich warten lässt, fragt Onkel Joseph:

»Hat das nächtliche Erlebnis im Hause Jifat irgendeine Bedeutung für unsere Zukunft?«

»Aber sicher! In der Heiligen Schrift ist deutlich gesagt: Es wird künftig manch falscher Christus kommen, um Gottes Volk zu verführen. Dann, wenn die Erste Liebe bei uns Christen nachlässt, ja, dann haben diese Christusse mit ihren Verführungskünsten leichtes Spiel. Aber …«

Der Zug fährt ein. Der Abschied ist herzlich. Nach jüdischer Sitte folgen nach dem Händeschütteln die üblichen Küsschen – links und rechts: »Schalom!« – »Schalom!«

Onkel Joseph lässt meine Hand nicht los:

»Pastor, Ihr Satz von vorhin ist noch nicht vollendet!«

»Stimmt, Onkel Joseph. Wenn irgendein falscher Christus erscheint, dann gibt es das *eine* Erkennungszeichen! Dieses Erkennungszeichen kann uns nicht in die Irre führen: Es sind die durchbohrten Hände Jesu. Als Er am Kreuz Sein Leben für uns lassen sollte, da durchbohrten Ungläubige und Feinde Jesu Seine Hände. Hände, die bisher immerfort segneten und Gutes taten. Die durchbohrten Hände – daran erkennen wir in Zeiten der Drangsal, die ganz gewiss auf uns zukommen, den Herrn Jesus.«

Der Lautsprecher kündigt die Abfahrt an. Die Waggontüren schließen sich automatisch. Als ich das Fenster öffne, rufe ich den jüdischen Freunden zu: »Vergessen wir es nie: Niemand hat je sein Leben für uns gelassen. Niemand – außer Jesus, der Gottessohn!«

Der Zug setzt sich in Bewegung:

»Dank auch euch für all das Gute, das ihr mir geschenkt habt! Ich habe die Liebe Jesu bei euch erlebt. Seine Liebe bleibe bei euch. Für immer! Schalom! Schalom!«

Der Punkt
gehört Ihnen!

2

Zuerst öffne ich die Gepäckklappe über meinem Sitz, um mein kleines Köfferchen im Flugzeug zu verstauen. Dann lege ich die Sitzgurte beiseite, um Platz zu nehmen. Ich bevorzuge beim Fliegen einen Mittelgangplatz, um mit meinen langen Beinen irgendwie zurechtzukommen. In manchen Flugzeugen sind die Sitze so eng nebeneinander, dass für lange Beine kaum Bewegungsfreiheit bleibt. Aber wo soll ich sonst meine langen Beine lassen? Doch im Mittelgang kann ich meinen Beinen einen Freiraum schaffen – wenn nicht immer für beide Knie, so doch für einen der beiden Staken, wie wir in den Niederlanden lange Beine spaßeshalber bezeichnen. Aber wehe, sie werden in einem Flugzeug stundenlang eingezwängt, weil die Sitze zu eng beieinanderstehen! Das machen sie nicht mit. Sie rebellieren mit heftigen Krämpfen – mal im linken, mal im rechten Bein und warnen: Stell deine Füße auf festem Grund!

Heute habe ich einen Mittelgangplatz beim Einchecken zugewiesen bekommen und bin damit sehr zufrieden, weil die Beine mehr Freiheit bekommen – und es mir danken werden.

unterwegs

Rechts neben meinem Platz sitzt schon jemand, der eine Zeitung vors Gesicht hält. Er scheint in die Tagesnachrichten sehr vertieft zu sein. Als ich dabei bin, mich in den Sitz zu quälen, schaut der Sitznachbar über den Rand der Zeitung – und wundert sich. Denn dieser kleine Mann kennt solche Torturen nicht. Ich will gerade den Sicherheitsgurt um den Leib schnallen, als mein Sitznachbar wieder die vorgehaltene Zeitung herabsenkt. Auf seinem jungen Gesicht lese ich deutlich den Spaß, den ich ihm mit dem Einsortieren meiner langen Beine bereite.

»Guten Morgen«, lächele ich ihm zu.

»Bonjour, Monsieur«, antwortet er, nicht unfreundlich, aber ich sehe sehr wohl, wie er sich seinen Spaß nicht richtig verkneifen kann.

»Der Platz ist nicht eben komfortabel für Sie, oder?«, spricht er mich in einem wohlklingenden Französisch an.

Ich erspare mir eine Antwort, weil sich dadurch das Bein-Problem auch nicht löst: Eng ist eng.

Der junge Sitznachbar reicht mir seine Hand.

Das habe ich noch nie erlebt, dass mich ein

Wildfremder so freundlich begrüßt. So bin ich nun gezwungen, irgendetwas Freundliches zu entgegnen. Aber auf Französisch, das ich nur unzureichend beherrsche? Das bringt's nicht. Ob ich es mit Englisch versuchen soll? Mein Sitznachbar faltet seine Zeitung zusammen, steckt sie ins Netz vor seinen Knien und schaut mich erwartungsvoll an.

»Fliegst du zum ersten Mal nach Kiew?«, will ich auf Englisch in Erfahrung bringen.

Er nickt. »Ja, ich will dort studieren.«

»Studieren? Und was?«

»Kieferorthopädie.« Er wiegelt seinen Kopf, als wolle er ausdrücken: Da gibt's aber noch dicke Probleme zu lösen.

Das Flugzeug rollt schon auf die Abflugbahn, hebt danach schnell ab und das Zeichen ertönt: Anschnallen ist nicht mehr erforderlich.

In der nun folgenden Plauderei erfahre ich von meinem jungen Sitznachbar, wie er sich das Studium vorstellt. Erst will er ein Jahr lang Russisch lernen. Danach will er sein Studium vervollkommnen, das er in Tunis vor drei Monaten mit einer sehr guten Note abgeschlossen hat – eine Promotion in Kiew steht an. Aber wie werden sich seine vier Jahre in der Ukraine gestalten? So frage ich mich. Wo kann der Nordafrikaner wohnen? Was braucht er monatlich an Geld, um Unterkunft, Essen und Studium zu bezahlen – und wo mag er das Geld herbekommen? Aus Tunesien? Das alles sind natürlich auch Fragen, die der Student neben mir auch hat – zumal wenn er zum ersten Mal ins Ausland geht. Je länger er redet, umso mehr legen sich schmale Falten auf seinem hellbraunen Gesicht, das eine dumpfe Ratlosigkeit widerspiegelt. Hat mein Sitznachbar diese Sorgen?

Als er unvermittelt fragt, ob ich schon in Kiew war, erzähle ich ihm, dass dies seit Jahren regelmäßig der Fall ist. Jeden Monat bin ich für eine volle Woche in der Ukraine.

Seine großen, quicklebendigen braunen Augen passen zu seiner Hautfarbe. Auch die dünnen, unruhigen Finger kommen seinem Zahnarztberuf sehr zugute, denke ich. Ich spüre, dass er geduldig darauf wartet, von mir mehr über Kiew zu erfahren.

Wenn ich aber erzähle, schaue ich meine Zuhörer gern an. Aber wie mache ich das jetzt? Die Füße stehen links im Mittelgang. Mein Sitznachbar befindet sich rechts von mir. Den ganzen Körper muss ich verdrehen, um den künftigen Zahnarzt anzuschauen. Das klappt also nicht, weil mein Rücken dabei schmerzt. Deshalb ziehe ich meine Staken aus dem Mittelgang zurück und stemme meine Knie in die Rückenlehne des Vordermannes, der vermutlich eingeschlafen ist, denn er beschwert sich nicht. Mein Sitznachbar sieht interessiert zu, wie ich meine Beine in dem schmalen Sitzraum verstaue und grinst. Als ich mich ihm zuwende, reicht er mir nochmals die Hand:

»Ich bin Chedly aus Tunis. Genauer gesagt, aus einem kleinen Dorf, das in der Nähe unserer Hauptstadt liegt. Dort haben meine Eltern eine kleine Landwirtschaft. Aus Palmen, die um unser Haus stehen, gewinnen sie Öl und Vater besitzt zwei Kamele und eine Ziegenherde. Das ist nicht viel und doch haben meine Eltern alles daran gesetzt, mir eine gute Schulausbildung zu ermöglichen. Und danach ein Studium. Darum liebe ich sie sehr – ich habe gute Eltern!«

Die Stewardessen kommen mit dem Bedienungswagen und reichen uns Getränke. Kurz darauf bringen sie auch eine kleine Mahlzeit.

Als schließlich die Essensschalen aus Plastik abgeräumt sind und Chedly eine Weile aus dem Flugzeugfenster geschaut hat, wendet er sich mir plötzlich zu:

»Bitte, sagen Sie mir, was *Sie* vom Zahnarztberuf halten? Oder erinnern Sie sich nicht gern an Ihre Zahnschmerzen?«

Nun muss ich – ob ich will oder nicht – meinem Sitznachbar Rede und Antwort stehen:

»Mein Vater wollte gern, dass ich in *seinen* Beruf einsteige. Er war Orthopäde. Ich bin mit Gipsabdrücken groß geworden, die er schön aufgereiht in langen, hohen Regalen aufbewahrte – und wonach dann Operationen vorgenommen und Spezialschuhe angefertigt wurden. Damals gab es ja noch keine Röntgengeräte, sondern die Behandlung war handwerkliche ›Kunst‹. Doch diese ›Kunst‹ – in Verbindung gebracht mit den armen, missgebildeten und verkrüppelten Menschen, die mein Vater behandelte – widerstrebte mir ganz und gar. Meine Mutter meinte: ›Dein Naturell verbindet sich nicht mit der ganzen Orthopädie-Kunst!‹ Wie recht sie hatte.

Ich mag vielleicht zwölf Jahre alt gewesen

sein, als ich in die Praxis eines Zahnarztes ging. Er war ein Freund meines Vaters. Ihm erklärte ich: »Orthopäde will ich nicht werden, aber was kann ich dann für einen Beruf ausüben?« Dieser Zahnarzt zog mir daraufhin zwei Zähne, was ziemlich schmerzlos vonstattenging. Danach musterte er mich: »Du kannst in deinem Leben viel Sinnvolles leisten, wenn du Menschen von heftigen Schmerzen befreist. Werde Zahnarzt!«

Eines Tages erklärte ich meinem bestürzten Vater: »Ich werde Zahnarzt. So einer, wie dein Freund. Du weißt, wie erfolgreich er ist. Er hat mich mit seiner Zahn-Zieherei überzeugt!«

Der angeschnallte Chedly will wie ein Stuntman hochspringen, doch der Gurt hält ihn im Sitz:

»Wirklich? Sie sind Zahnarzt? Wir sind also Kollegen?«

Noch nie habe ich ein fremdländisches Gesicht so aufgeregt gesehen. Chedly will mir spontan wieder die Hand reichen.

»Warte! Ich will dir erzählen, warum ich kein Zahnarzt geworden bin.«

»Aber warum nicht?«

»Das ist eine lange Geschichte.«

»Aber sie interessiert mich. Hatten Sie eine Krise im Studium? Oder im Leben? Oder ist Ihnen sonst was dazwischen gekommen? Darf ich es erfahren?«

Meine langen Beine sind nun wirklich eingeschlafen, weil die Knie ohne jeglichen Spielraum eingeklemmt im Rücksitz meines Vordermannes sind. Ich löse den Sitzgurt und stehe auf, um mich eine Weile hinzustellen. Ein paar Schritte im Mittelgang des Flugzeuges sorgen dafür, dass die Taubheit in meinen langen Staken langsam aufhört.

Zwei Stewardessen kommen mit ihrem Bedienwagen den Gang entlang, um den Fluggästen noch einmal Getränke anzubieten, sodass ich mich wieder setzen muss.

»Geht es Ihnen nicht gut?«, fragt Chedly und ich sehe, dass er sich ernstlich Sorgen um mich macht.

»Ich sah, Sie halten sich beim Gehen durch den Mittelgang an die Rückenlehnen der Passagiere fest.«

»Nein. Ich brauche für meine langen Beine nur Bewegung. Das ist alles.«

»Erzählen Sie mir, warum Sie *nicht* Zahnarzt geworden sind?«

»Einverstanden.«

Dann erzähle ich dem jungen Zahnarzt aus Tunesien, dass ein Stärkerer seine Hand auf mein Leben gelegt hat: »*Dem* bin ich dann unverzüglich und gern nachgefolgt. Bis heute. Und für ihn fliege ich regelmäßig nach Kiew, weil ich in seinen Diensten stehe.«

»Lassen Sie mich raten: Sind Sie ein Dirigent und stehen im Dienst der Musik, die alle Völker miteinander verbindet?«

»Nein, stimmt nicht, obwohl ich Musik mag!«

»Oder – Sie sind ein Industrieller?«

Ich lache: »Ich ein Industrieller? Wieder daneben geraten!«

»Dann sind Sie vielleicht ein Botschafter?«

»Das trifft zwar nicht hundertprozentig zu, aber im gewissen Sinne doch.«

Chedly zieht die Schultern hoch:

»Dreimal daneben geraten. Ich gebe es auf!«

»Nun gut. Das mit dem Botschafter ist nicht so ganz daneben. Ich stehe tatsächlich im Dienst des allerhöchsten Regenten. *Der* hat mich berufen. Und das war … Gott.«

»Gott? Habe ich richtig gehört?«

Eine Weile schaut mich Chedly ungläubig an:

»Haben Sie jetzt einen Witz gemacht?«

»Nein, das habe ich nicht. Als ich 17 Jahre alt war, lernte ich Jesus von Nazareth kennen: Zunächst seine Worte. Dann wurde er mein Lebensvorbild. Ein älterer Christ legte eines Tages die Hände auf meine Schultern und sagte drei Worte, die tief in mein Denken und in meine Seele eingedrungen sind: Gott – braucht – dich!«

»Und damit fing Ihre Ernennung zum Botschafter an?«

»Im gewissen Sinne: Ja! Auf jeden Fall: Die *Berufung* zum Botschafterdienst war damit gelegt. Nun galt es, die *Grundlagen* dafür zu gewinnen – ein guter, aber langer Weg. Mit viel Auf und Ab im Leben.«

»Hätten Sie da doch nicht besser ein tüchtiger Zahnarzt werden sollen?«

»Mag sein! Aber im Dienst dieser königlichen Herrschaft, des Weltregenten Jesus Christus, zu stehen, erfüllt mich total. *Seine* Anliegen zu vertreten – wo immer ich hinkomme – da gibt es nichts Höheres, Größeres, Umfassenderes.«

Chedly schaut eine Weile zum Flugzeugfenster hinaus. Am Horizont türmen sich weiße Wolken gigantisch auf. Sie werden von der Sonne angestrahlt: Ein grandioses Bild. Dann wendet er sich mir zu und kratzt sich hinter dem Ohr:

»Dann sind Sie also Christ?«

»Der bin ich!«

»Ich bin Muslim – von Kindesbeinen an. Ich habe schon als Schuljunge eine schlechte Meinung von Christen vermittelt bekommen. Das Schlimmste, was ich hörte, war: Christen glauben, dass Gott mit Maria einen Sohn hatte – Jesus. Das kommt mir wie Gotteslästerung vor. Denn wie kann ein großer, himmlischer Gott einen *irdischen* Sohn haben?«

Wieder schaut Chedly aus dem Flugzeugfenster. Das Gespräch scheint beendet zu sein, denn er rührt sich nicht mehr.

Als das Flugzeug bereits die Flughöhe langsam verlässt, um zu landen, wendet Chedly sich mir zu:

»Sie sind also Christ. Aber noch immer haben Sie mir nicht gesagt, welchen Beruf Sie ausüben – und warum Sie eigentlich nach Kiew fliegen. Möchten Sie mir das *nicht* verraten?«

In wenigen Sätzen erzähle ich dem jungen Muslim, dass in einem der Vororte von Kiew ein theologisches Institut steht, in dem junge Männer studieren. Dort unterrichte ich. Nach dem Studium werden die Absolventen als Jugendleiter und Diakone in christlichen Gemeinden eingesetzt; später werden sie dort Pastoren und leiten die Gemeinden. Aber ich unterrichte auch in Albanien, im Kosovo und in Rumänien.

Chedly kneift ein wenig die Augen zu, verzieht seinen Mund und deutet mit seinen Kopfbewegungen an, dass er meinen Beruf respektabel findet. Doch dann sind auf seinem hellbraunen Gesicht wieder diese vielen kleinen Fältchen, die etwas Dunkles widerspiegeln.

»Und Sie haben Antworten auf Lebensfragen?«, will mein tunesischer Zahnarzt nun wissen und schaut mich mit großen, erwartungsvollen Augen an.

»Weshalb fragst du?«

»Das ist nicht in zwei, drei Sätzen zu beantworten. Bald landen wir und die Zeit reicht jetzt nicht mehr, um ausführlich darüber zu reden. Schade. Wir haben im Flugzeug lang nebeneinander gesessen und kostbare Zeit verstreichen lassen. Nur so viel: Mein Leben ist nicht glatt verlaufen. Wenn ich behaupten wollte, alles lief nach einem guten Plan, dann würde ich lügen. Meine lieben, einfachen Eltern hatten auf meine bohrenden Fragen keine Antworten. Also ging ich in die Moschee, um einen Hodscha um Rat zu bitten. Aber er redete viel und lang – wie ein Philosoph. Er drückte mir immer mehr Fragen auf die Seele, anstatt mir vernünftige und klare Antworten zu geben, um die ich ihn gebeten hatte. Seine Fragerei hat mich abgestoßen, sie machte mich rasend. Da waren so viele innere Nöte, für die ich dringend Lösungen brauchte – aber keine neuen, problematischen oder analytischen Fragen. Ich war viermal bei ihm. Und viermal lief ich wütend aus der Moschee – mitsamt meinen ungelösten Lebensfragen. Und diese wurden stets intensiver. Ich wusste mit mir selbst nichts mehr anzufangen. Ja, ich wusste nicht mehr ein und aus. Dabei zweifelte ich an mir selber, und dann begann ich, an Allah zu zweifeln. Aber den Hodscha wollte ich nicht wieder aufsuchen. Es ging eine eisige Kälte von ihm aus, die mich schier erfrieren ließ. An meinem Zustand aber hat sich seitdem gar nichts geändert. Ich bin nach wie vor innerlich hohl und leer. Wissen Sie, was ich glaube? Alle Menschen sind leer. Keiner versteht den anderen. Wenn wir von Gerechtigkeit reden, dann ist sie berechnend. Fordernd. Und damit ist alles Reden über das Gutes-Tun, über das Einander-Beistehen, über ein soziales Engagement – im Kleinen oder in der großen Politik – unglaubwürdig. Der Mensch ist an sich total unfähig zum Erfolg. Ich glaube jetzt sogar: Es gibt überhaupt keine Hoffnung, weil es keinen Allah gibt, der uns Menschen beisteht, der uns zugetan ist. Er existiert nicht.«

Einige Male atmet Chedly tief durch. Ganz tief. Um seine Mundwinkel kann ich eine gewisse Verbissenheit erkennen. Er beißt sich auf die Unterlippe. Dann entschlüpft es ihm leise:

»In diesem depressiven Zustand bin ich von zu Hause weg. Nun sind wir gleich in Kiew. Werde ich hier promovieren? Ja! Werde ich hier Ordnung für mein Leben finden? Wer weiß es?«

Er zieht die Schultern hoch und sein Gesicht ist ein einziges Fragment, ein nicht fertiggestelltes oder unvollendetes Kunstwerk.

Bums. Bums. Die Räder des Flugzeugs setzen hart auf die Landebahn auf. Wir werden tüchtig durchgeschüttelt. Unser Gespräch wird für einen kurzen Moment unterbrochen.

»Und nun sitzen *Sie* neben mir. Ein Christ, der es wissen muss, weil er andere unterrichtet. Kurze Frage: Hätten *Sie* Antworten auf bohrende Fragen – nach Sicherheit und Sinn im Leben?«

Ich nicke, reiche ihm meine Anschrift in Irpin und lade Chedly ein, mich zu besuchen, um unser Gespräch fortzusetzen.

Nach der Passkontrolle und der Gepäckausgabe verabschieden wir uns herzlich.

»Sie hören von mir! Ich brauche nicht Informationen über den christlichen Glauben – ich brauche persönliche Hilfe. Vielleicht sogar *Ihre* Hilfe.«

»Das geht in Ordnung, Chedly! Ich bete für dich!«

»Sie beten? Als Professor? Dass ich nicht lache!«

Ein Grinsen geht über sein Gesicht. Aber es verletzt mich nicht. Das merkt er und reißt sich die Mütze vom Kopf: »Professor, wir sehen uns. Bis bald!«

Chedly winkt ein Taxi heran. Auf mich kommt Mikola zu, der Studienleiter unseres Theologischen Instituts in Irpin, um mich abzuholen.

Sooft ich in den folgenden Monaten zum Unterrichten nach Irpin komme, kommt Chedly zum Flughafen in Kiew, um sich mit mir zu treffen. Wir setzen uns dann in einer abgelegenen Ecke der großen Ankunftshalle. Jedes Mal gehen unsere Gespräche in eine intensivere Runde. Der junge Zahnarzt erzählt, fragt, schaufelt seine Zweifel am Sinn des Lebens heraus. Ich merke, dass er noch nie einen Halt im Leben gefunden hat. Darum schwimmt er immer noch von einer Depressionen in die andere. Es sind gewaltige seelische Tiefen, die auch seinen Verstand in Mitleidenschaft ziehen, ja ihn blockieren und lähmen. Doch bei unseren monatlichen Treffen in der Ankunftshalle des Kiewer Flughafens schöpft er von Mal zu Mal ein wenig neuen Mut. Auch das beobachte ich an ihm: Er fragt nicht nach dem christlichen Glauben, er fragt nach der Person Jesu. Das ist ein gutes Zeichen der Hoffnung für Chedly.

Als er mich eines Tages im Theologischen Institut in Irpin besucht, bittet er um ein Neues Testament in französischer Sprache. Nun liest er darin in den freien Stunden, die ihm das Studium erlaubt, monatelang – und liest und liest, schöpft und schöpft viel Wissen aus der Bibel.

»Lese nicht nur mit deinem Verstand, sondern schaue Jesus an!«, rate ich ihm. »Denn sehen – heißt leben!« Es hilft ihm in der Krise, als ich auf einen kleinen Zettel schreibe: »Jesus hat einen Blick für dich. Wenn du ihn anschaust und wahrnimmst, wächst in dir wieder Hoffnung.«

»Jesus anschauen, wie stelle ich das an?«

Wir schlagen das Neue Testament auf und sehen, wie Jesus selber *sieht*. »Er wird sogar unwillig, als Leute einige Kinder zu ihm bringen und seine Jünger deswegen diese Menschen tadeln. Du kannst das Gesicht Jesu dabei betrachten, als er die nörgelnden Jünger auffordert: Lasst die Kinder zu mir kommen – und wehret ihnen nicht, denn …! Es geht dabei um das Reich Gottes, ja! Und über das Reich Gottes kann man diskutieren – heftig und andauernd –, ohne dass sich was verändert. Aber *schauen*, wie der Herr Jesus sich den Kindern zuneigt, wie er sie herzt, sie segnet – das kannst du nur auf schauendem Wege erfassen, was da eigentlich passiert.

Den Herrn Jesus anschauen, damit beginnt die Veränderung, das intensive Verstehen. Aber damit ist nur der Anfang gesetzt. Es gibt mehr.

Da kommt ein Oberster der Synagoge zu ihm, der wegen seiner sterbenden Tochter voller Leid und Schmerz ist – und der sich vor die Füße Jesu niederwirft: ›Komm in mein Haus!‹

Das alles kannst du dir ausmalen, um dieses Leid jenes Vaters mitzuempfinden, um die Tränen der Eltern wegen ihrer Tochter zu sehen. Du siehst Jesus in der Menge, die ihn auslacht, weil er gesagt hat: ›Sie ist nicht gestorben; sie schläft!‹ Du siehst, wie Jesus die Hand dieses Mädchens ergreift. Ja, schau nur die Hand des Herrn Jesus! Tote Leute rührt man in Israel nicht an. Schau, was Jesus tut: Er greift zu! Und das Mädchen lebt! Mit dem Verstand ist man bald am Ende: Der Schauende sieht alles! Jede Regung entgeht dem Sehenden nicht.

Oft schaue ich mir Jesus am Kreuz an: Ich sehe, wie sein Körper in der Sonnenglut sich am Schandpfahl windet. Er ringt mit dem Tode und windet und windet sich in den Kreuznägeln. Mit jedem Pulsschlag quillt Blut aus den Wunden – das kannst du *sehen*.«

Nach zwei Monaten kommen wir an einen wesentlichen Punkt: »Im Anschauen der Person Jesu wirst du verwandelt werden – in sein Bild.«

»Schau dir den Auferstandenen an, der unerwartet in den Kreis der erschrockenen und zweifelnden Jünger tritt. Er spricht: ›Friede sei mit euch!‹ Und dann forderte der Herr alle Jünger auf: ›*Seht!*‹ Und die Jünger schauen seine Hände und seine Füße an. Sicher mit großen Augen, denn da sind die Nägelmale vom Kreuz! Er sagt: ›Rührt mich an! *Schaut!* Denn ein Geist hat nicht Fleisch und Knochen. *Seht!* Ich *habe* Fleisch und Knochen!‹

Wer das Schauen lernt, der sieht *mehr*. Er schaut hindurch, er sieht umfassend – und manchmal bis auf den Grund.

›Das ist der Wille meines Vaters‹, sagt der Herr Jesus, ›… jeder, der den Sohn *sieht* und an ihn glaubt, hat ewiges Leben.‹« (Evangelium nach Johannes 6,40)

Eine große Entdeckung folgt nun der *anderen*, aber die ganz große Liebe Gottes packt Chedly nicht. Ihn blockiert die mohammedanische Ansicht: Jesus kann nicht Sohn des Allerhöchsten sein, weil der große Gott es nicht nötig hat, ein Kind zu zeugen. Jesus bleibt ihm zwar nicht fremd, aber es bahnt sich kein persönliches Verhältnis zu ihm an. Leider. Ich möchte ihm nichts Christliches überstülpen. Das habe ich bei meinem Herrn Jesus gelernt: Der allmächtige Gott hält keine Vorträge und führt keine Diskussionen über Seine Liebesglut, die er uns Menschen anbietet. Aber er lädt uns ein, in seine Nähe zu kommen. Darum halte ich Chedly keine dogmatischen Predigten und diskutiere mit ihm nicht über christliche Glaubensgedanken – so wichtig sie sind. Aber ich bete für ihn. Und ich *glaube,* was ich bete: Der auferstandene Herr Jesus wird Chedly packen, umarmen und ihm den Weg zum Vaterherzen Gottes zeigen.

Mehr als zwei volle Jahre sind vergangen. Fast jeden Monat treffen wir uns im Flughafengebäude in Kiew. Irgendwann merke ich, dass in Chedly's Gedankengängen etwas keimt! Ganz still, ganz beständig. Zunächst nennt er es *das* große Unbekannte. Bei einem nächsten Treffen in der großen Ankunftshalle des Kiewer Flughafens höre ich mit Staunen, wie er von *dem* großen Unbekannten spricht: Jesus. Ich bleibe zuversichtlich für Chedly. Denn wer die Liebe Gottes entdeckt, dem stehen keine unüberwindbaren Hindernisse mehr im Wege, um glücklich zu werden. Wo die göttliche Liebe waltet, da weichen die dunkelsten Lebensabschnitte; sie beherrschen den Menschen nicht mehr. Kein Dunkel überlagert uns mit hoffnungslosen Nächten, wenn die göttliche Liebe bejaht und ins Leben aufgenommen wird. Gottes Liebe lässt das Dunkel schmelzen – wie Schnee in der Sonne langsam, aber beständig schmilzt. Wo die göttliche Liebe ein Zuhause bei uns bekommt, passieren umwälzende Dinge, denn du siehst, wie Erneuerung geschieht.

Der beste Beweis, wie stark die Christus-Gesinnung unser Naturell verändert, ist die Bereitschaft, aus der Vergebung Jesu zu leben. Chedly stellt sich eines Tages mit seiner bisherigen Lebensweise, mit all seinen Lieblosigkeiten und sonstigen Sünden unter Jesu Kreuz und unter die göttliche Autorität. Mehr noch: Diese per

sönliche Entscheidung, fortan aus dieser Vergebung zu leben, ist der Anfang, anderen zu vergeben – einseitig, wie der Herr Jesus es uns
vorgelebt hat. Vergeben – in Jesu Namen – ist
kein Kompromiss. Vergeben heißt: So tun, wie
Gott tut, wenn er Schulden erlässt. Vergeben
heißt: Göttlich großzügig sein. Und dieser Ge-
sinnung öffnet sich Chedly mehr und mehr. Er
beginnt, all denen zu vergeben, die sein Leben
in Tunesien verkorkst haben.

Neulich hat er mir ein SMS geschickt: Er habe
nach seinem vierjährigen Studium in Kiew endlich die Promotion geschafft. Dieses Schrift-
stück müsse er mir zeigen, wenn ich in zwei
Wochen wieder zum Unterrichten in die
Ukraine komme.

»Und da ist noch etwas, was ich Ihnen unbedingt sagen muss«, schreibt er.

Ich rätsele: Hat er eine ukrainische Freundin
gefunden? Oder ist ihm in Tunesien eine Zahn-
arztstelle angeboten worden? Oder ist es noch
eine viel größere Überraschung, die er mir be-
scheren will?

Nach der Passkontrolle und nachdem ich
mein Gepäck abgeholt habe, eile ich durch die

automatische Tür, die in die große Ankunftshalle führt.

Hier stehen Hunderte von Wartenden. Wie immer. Kaum dass ich die Halle betrete, sehe ich über alle Köpfe hinweg, wie jemand hinten in der Ankunftshalle mit einer Mütze winkt. Ob das Chedly ist? Zeit bleibt mir nicht, um meine Brille aus dem Etui zu fingern. Er winkt immer noch und winkt und winkt. Dann ruft jemand mit gewaltiger Stimme durch die Ankunftshalle: »Christos woskrjes! Christus ist auferstanden!«

Noch einmal ertönt diese Stimme. Ja, das muss Chedly sein!

Die Menge der Wartenden verstummt mehr und mehr! Es ist ja nicht Osterzeit, wo dieser österliche Ruf in der Ukraine üblich ist und in den Dörfern und Städten von Haus zu Haus, von Mensch zu Mensch ertönt. Die Leute drehen sich zu dem Rufenden um, der immer noch seine Mütze schwenkt. Nun sehe ich deutlich: Es ist Chedly. Schnell stelle ich meinen Koffer hin und forme mit beiden Händen ein Sprachrohr vor meinem Mund und rufe ihm zu, so laut ich kann: »Woistinu woskrjes! Er ist wahrhaftig auferstanden!« Einige Wartende nicken mir zu und stimmen – wenn auch mit leiser Stimme – mit ein: »Woistinu woskrjes!«

»Taxi?«, bietet ein Taxifahrer seine Dienste an.

»Njet, spasiba! Nein, danke! Ich werde abgeholt!«

Ich sehe, wie Chedly sich durch die Menge drängt und auf mich zukommt. Einige der Umstehenden begreifen: Hier vollzieht sich etwas Außerordentliches. Ich öffne meine Arme, in die Chedly hineinrennt: »Professor, ich habe die ganz große Liebe entdeckt!« Chedly ist ganz außer Atem:

»Professor, ich liebe den Auferstandenen. Christos woskrjes! Er lebt! In mir! Er ist wahrhaftig auferstanden!«

Ich drücke den jungen Zahnarzt an mich und flüstere ihm ins Ohr: »Woistinu woskrjes!«

Wie immer sitzen wir eine ganze Weile in einer Ecke der Ankunftshalle. Chedly zieht sich die Mütze vom Kopf:

»Ich habe im Neuen Testament jene Stellen gelesen, die von Totenauferstehungen berichten. Das tote Töchterchen des Jairus – und Jesus sagt zu ihrem Vater: ›Deine Tochter ist nicht tot. Sie lebt!‹ Tatsächlich – sie steht vom Totenlager auf.

Der tote junge Mann aus der Stadt Naim. Die Mutter muss ihn beerdigen – und dann kommt Jesus daher. Wer weiß schon, wie der Name des Toten lautet. Heißt er ›Chedly‹?«

Ein vielsagendes Lachen verrät, was er meint.

»Und das Wunder passiert. Jesus rührt ihn an: Er kann sprechen, essen. Chedly ist gesund! Chedly lebt!

Zu dem toten Lazarus sagt Jesus: ›Komm heraus!‹ Und Jesu Wort hat Macht und Kraft. ›Komm aus deiner Finsternis, komm aus deinem tiefen Grab heraus!‹ Und Lazarus steigt aus der Dunkelheit. Die Binden, die ihn umhüllen, fallen ab! Da kommt er: Lazarus, der zu Jesus geht. Frei – von den Binden!«

Ich weiß nicht, ob ich vor Freude lache oder weine. Auf jeden Fall muss ich meine Tränen abwischen.

»Professor, diese Geschichten sind *meine* Geschichten. Sie bedeuten Sieg! Sieg, sag ich Ihnen!«

Chedly fasst meine beiden Hände: »Christus lebt – und er lebt in mir! Ich bin überaus glücklich. Jesus hat mich geheilt und aus meiner tiefen Finsternis geholt. Es gab Zeiten, wo ich es nicht mehr für möglich hielt, je aus dieser tiefen Lebenskrise herauszukommen. Und allein …«

Chedly, der junge tunesische Zahnarzt, drückt mir noch stärker beide Hände und schaut mich mit glücklichen Augen an:

»… allein hätte ich es nie geschafft. Gott hat Sie geschickt, als Sie neben mir im Flugzeug saßen. Ich war wie einer, der ertrinkt, weil er verzweifelt und keine Zuversicht hat. Wenn du spürst, du bist am Ertrinken, dann schwindet beim Sog in die Tiefe mehr und mehr die Hoffnung, dann verschwindet schließlich die Sehnsucht nach Freude. Nach Glück. Und die Lebenswende? Professor, Sie gaben mir einmal den Rat: ›Schaue Jesus an!‹ Als ich *das* tat, geschah die kolossale Wende: Ich schaute von mir weg. Weg von den Problemen, Sorgen, der Unzufriedenheit und der Verzweiflung. Ich nahm wahr, dass mich Jesus im Blick hat. Er liebt mich. Und nun … nun stehe ich außerhalb meiner muslimischen Familientradition, aber im Lichte Gottes. Das kann ich nie wieder vergessen! Der gute Gott ließ erst nur ein sehr kleines Licht in meiner Nacht aufleuchten. Und dieses Leuchten wurde stets größer. Nun bin ich

neu geboren und stehe im Glanz der Herrlichkeit Jesu! Welch ein Geschenk! Wissen Sie, was
jetzt in mir brennt? Ich möchte weitergeben,
was ich von Jesus empfing. Sein Geschenk kann
ich unmöglich für mich behalten: Ich will es
unbedingt daheim an viele Landsleute weiter-
reichen. Die Muslime bleiben meine Freunde.
Meine Eltern – ich liebe sie jetzt mehr als zuvor.
Am meisten aber liebe ich meinen Retter. Und
das ist und bleibt Jesus. Er ist mein Freund und
Sie sind sein Botschafter. Das ist es, was ich
Ihnen unbedingt sagen wollte.«

Eine Weile bleibt es still zwischen uns. Heilige Stille tut immer wohl.

»Aber hattest du nicht versprochen, mir deine
Promotionsurkunde zu zeigen?«

»Aber sicher doch ...«

Chedly zieht mit seinen schlanken Fingern
aus der Innentasche seiner Jacke schnell das
aufgerollte Dokument heraus. Durch unsere
stürmische Begrüßung ist es fast platt gedrückt.

»Dieser Schein freut mich sehr. Aber ohne
Ihren Beistand hätte ich die Promotion kaum
geschafft. Nein, ich hätte sie überhaupt nicht
schaffen können. Ich saß zu tief im Seelen-

Loch. Darum …« Chedly holt tief Luft und schaut mich fragend an:

»… werden Sie mein Angebot annehmen?«

Er wartet gar nicht meine Zustimmung ab, sondern er hält mir seine Promotionsurkunde vor die Nase.

»Es ist doch so: Hinter der Abkürzung für ›Doktor‹ steht immer ein Punkt. Und diesen Punkt an meinem ›Doktor‹, den schenke ich Ihnen und Ihren Missionsfreunden – für immer. Ausgemacht?«

Chedly hält inne, schaut mich mit seinen dunkelbraunen Augen an, die vor Freude strahlen. Ahnt er, was ich ihm sagen will? Aber er kommt mir zuvor:

»Sehen Sie, Professor, hier ist dieser Punkt. Und der gehört Ihnen und Ihren Freunden in Deutschland, die mit ihren Gebeten mich vier Jahre hindurchgetragen haben – durch alle Tiefen – bis zu diesem Tag.«

»Aber Chedly … ich habe in den vergangenen Jahren doch nichts zu deiner Promotion beigetragen – außer dass ich dir die Liebe Gottes schenkte!«

»Ja, *das* ist es doch…! Sie schenkten mir so

selbstverständlich wie sonst was diese Liebe. Solche göttliche Liebe kannte ich zuvor überhaupt nicht! Ich habe die göttliche Liebe, die von Ihnen ausging, aufgesaugt wie ein trockener Schwamm: Liebe – und das in vollem Maß. Deshalb … dieser Punkt ist für Sie und Ihre Missionsfreunde in Deutschland!«

Chedly umarmt mich unerwartet mitten in der Ankunftshalle des Flughafens Kiew. Viele Wartende schauen zu. Als ich Chedly in die Augen schaue, kommt mir der Gedanke, der mich schließlich zum Lachen bringt: Auch der Himmel schaut jetzt zu und schmunzelt, weil er sich mitfreut.

Inzwischen ist Dr. Chedly nach Tunesien zurückgekehrt: Mit einem glücklichen Herzen und mit einem Neuen Testament im Gepäck.

Daraus kann der himmlische Vater nun viel machen – auch unter Muslimen.

Die Liebe wohnt nicht weit entfernt

Auch heute fegen dicke Schneeflocken über die meist niedrigen Häuschen der Stadt Javori. Der Schornsteinrauch wird von Tag zu Tag weniger, denn das Brennholz geht aus. Mit solch strengem Winter hat kaum jemand gerechnet. Die noch vorhandenen Holzvorräte müssen eingeteilt werden, denn die Kälte scheint vorerst kein Ende zu nehmen. Das Wegschippen der Schneemassen wird vernachlässigt, weil auch die Kräfte bei mäßiger Kost eingeteilt werden müssen. Das Wasser in den Leitungen ist seit Wochen eingefroren. Die Menschen holen sich frischen Schnee, um ihn im Haus zu schmelzen.

Was noch schlimmer ist: Nur noch mit großer Kraftanstrengung können die schmalen Gänge zu den Plumpsklos im Garten mehrmals am Tage freigeschaufelt werden. Es türmen sich die Scheeberge links und rechts in den Gärten. Wohin mit all dem Schnee? Wehe, wer jemanden im Hause zu pflegen hat. Wie kann ein Bettlägeriger durch den Schnee getragen werden, um seine Notdurft im Häuschen zu verrichten? Mancher ist bereits erfroren, bevor er das Häuschen mit dem Stern in der Tür erreichte.

Wenn Luba Koval sich über etwas im Klaren ist, dann führt sie es auch aus – koste es, was es wolle. Seit Tagen quält sie sich nun schon mit dem für sie schrecklichen Gedanken herum, das alte, fast baufällige Häuschen zu verlassen. Überall gibt es Risse im Gemäuer. Die Fenster sind morsch. Das Glas hält die vermoderten Fensterrahmen mehr zusammen als der Rahmen das Glas. Luba hat draußen und drinnen Plastikfolien vor die Fenster befestigt, um dem eiskalten Wind zu wehren. Doch die dünnen Gardinen bewegen sich nach wie vor und zeigen, wie stark der Wind draußen am Werk ist. Dagegen ist ein Heizen schier sinnlos. Das Holz, das ihr tödlich verunglückter Mann im letzten Jahr noch aus dem Wald holte, sägte und zerkleinerte, wird keine drei Tage mehr reichen. Die zweijährige Natascha hat bereits eine fiebrige Erkältung und der zehn Monate alte Sergej hustet unaufhörlich – auch jetzt noch im Schlaf. Luba hat den Kindern alle warmen Kleidungsstücke übergezogen, die sie besitzt.

Sie legt die letzten zwanzig Holzscheite neben den Kachelofen und weist ihre Älteste an, rechtzeitig nachzulegen, bevor das Feuer erlischt – bei Tag und bei Nacht. Alona staunt, weil sie merkt, Mutter will nach draußen gehen. Mutter schlüpft nämlich in die hohen Stiefel und zieht sich den Mantel mit dem Pelzkragen an. Luba nimmt Alonas Händchen und legt sie in ihre zitternden Händen: »Kind, ich muss euch für ein paar Stunden verlassen. Es muss sein. Denn wir haben nur noch etwas Mehl im Fass. Und schau, das Öl in der Flasche ist fast verbraucht. Die Bohnen, Rüben und Kartoffeln haben wir alle schon aufgegessen. Und sonst haben wir nichts mehr im Küchenschrank.«

Alona nickt. Die Mutter hat recht. Sie vertraut ihrer Mutter umso mehr, seit Vater vor einem halben Jahr nicht mehr von der Waldarbeit nach Hause kam. Beim Fällen einer dicken Buche kam er ums Leben. Mutter hat lange getrauert und viel geweint. Bis der Pastor zusammen mit Großvater kam und sagte: »Luba Koval, dein Vater und ich sind gekommen, um zu sehen, wie du weinst. Du hast ein wunderbares Mutterherz. Aber nun ist es an der Zeit, dass du ein weites Vaterherz dazu gewinnst – der Kinder wegen.« Großvater hat seine Tochter

Luba in die Arme geschlossen. Dann sagte er: »Kind, meine liebe Luba, bleibe nicht hier im Häuschen deines verstorbenen, guten Mannes. Komm mit den Kindern zu mir. Für immer.« Mutter sackte auf einem Stuhl zusammen, als die beiden Männer das Häuschen verlassen hatten und weinte lang. Sehr lang. Doch dann trocknete sie ihre Tränen. Seitdem hat Alona ihre Mutter nicht mehr weinen gesehen.

»Alona, ich bete jetzt mit dir, damit der Herr Jesus euch behüte. Teile den restlichen Kohl mit Natascha und Sergej. Ich nehme Papas Ski und gehe am Stryj-Fluss entlang zum Großvater nach Jasenycja. Ich will ihn fragen, ob er mir etwas Brot und ein paar Scheite Brennholz, einige rote Beeten, Speck und einen kleinen Sack Kartoffel mitgeben kann. Und ich frage ihn, ob sein Angebot noch gilt, dass wir alle vier endgültig zu ihm ziehen. Er hat es sich damals gewünscht und uns wäre geholfen. Ich könnte ihn versorgen und im Frühjahr den großen Garten bestellen. Kind, sei tapfer. Sergej und Natascha schlafen jetzt. Und du bist jetzt ihre große Schwester und auch ihre kleine Mutter.«

Auch Alona schließt ihre Augen. Mutter wird

alles richtig machen und Großvater wird sich freuen, wenn Mutti kommt. Alona mag ihren Großvater. Er hat so gütige Augen und kann wunderschön singen. Und wenn er Karpatengeschichten erzählt, mag sie gar nicht mehr von seiner Seite weichen. Aber am meisten liebt Alona, wenn Großvater auf dem Sofa sitzt und Geschichten aus der Bibel erzählt. Da kann sie stundenlang zuhören.

Luba drückt nun die Händchen ihrer Tochter fest und betet: »Herr Jesus, Du Sohn des himmlischen Vaters. Sei gepriesen in Deiner Herrlichkeit! Ich überlasse Dir meine Kinder. Ich liebe sie. Aber Du liebst sie noch mehr. Ich muss Hilfe für sie holen. Behüte sie, während ich unterwegs zum Großvater nach Jasenycja bin. Du kannst es. Das glaube ich Dir. Segne den Großvater, Herr Jesus, segne meine Kinder und segne Du auch mich. Amen.«

Luba drückt ihre Älteste an sich, legt die Hände segnend auf Alonas Kopf, küsst ihre schmalen Wangen und geht mit ihr zum Bett, wo Natascha und Sergej schlafen. Still berührt Luba die Köpfchen ihrer Kleinen und geht zur Haustür.

»Alona, es dauert etwa fünf Stunden, bis ich wieder zurück bin. Dann koche ich euch eine Borscht-Suppe. Ganz bestimmt bin ich wieder da, bevor es ganz dunkel geworden ist.«

Luba hängt sich den großen Rucksack um, schnallt sich die Skier an, öffnet die Haustür, durch die sich ein Schwall dicker Schneeflocken ins Zimmer drückt. Luba von außen, Alona von innen – sie bringen es gemeinsam fertig, die Tür wieder zu schließen.

Völlig im Schnee versunken liegt das kleine, fast schon verfallene Häuschen, in dem die junge Witwe mit ihren drei Kindern wohnt.

Die Nachbarn haben seit Tagen in und um das Häuschen kein Leben mehr entdeckt: Im hohen Schnee gibt es keine Spuren, und aus dem Schornstein kommt kein Rauch mehr. Ist die junge Frau erkrankt? Oder ist sie mit ihren drei kleinen Kindern fortgegangen? Sie hat vor Wochen davon gesprochen, zu ihrem Vater nach Jasenycja zu ziehen, der allein auf einem bäuerlichen Anwesen wohnt, sechs Kilometer von hier entfernt.

Die Nachbarn werden von Tag zu Tag unruhiger. Sollte jemand von ihnen mit dem Schlitten versuchen, das Häuschen zu erreichen, um dort nachzuschauen?

Pastor Poliktim wohnt am Ende der Straße, an dem das Häuschen von Luba steht. Er besuchte die junge Frau mit ihrem Vater vor einiger Zeit. Vor Jahren war er mein Student am Theologischen Seminar und einer der aufmerksamsten Seminaristen. Er hatte die Gemeinde in Jawori schon einige Jahre geleitet, bevor er mit dem Studium begann. Denn in der nachkommunistischen Ära fehlte es im Kaukasus an Pastoren, die mit Vollmacht Gottes Wort verkündigten. Poliktim war ein eifriger Bibelleser, er empfand das Beten als ein großes Vorrecht und das Entscheidende war, dass Poliktim den drei-einen Gott liebte. Das war für die kleine Gemeinde im Kaukasus Grund genug, ihn als ihren Pastoren zu berufen. Außerdem war er ein risikofreudiger junger Mann, der sich in seinem Beruf als Zimmermann längst bewährt hatte.

Der Nachbar Poliktim hat mit seinen beiden

starken Hunden, die er vor den Schlitten gespannt hat, das Häuschen von Luba erreicht.
Auf sein Klopfen reagiert niemand. Es wird
wohl niemand im Häuschen sein. Gewaltsam
öffnet er die Haustür. Noch während er sich den
Schnee von Mütze, Kleidern und Schuhen ab-
schüttelt, entdeckt er die achtjährige Alona am
Boden, bewusstlos. Er fühlt mit seinen kalten,
steifen Fingern an ihren Halsschlagadern: Das
Mädchen lebt. Aber schnelles Helfen ist ange-
sagt. Es ist gut, dass Poliktim die beiden starken
Hunde vor den Schlitten spannte – als hätte er
vorausgeahnt, dass Hilfe vielleicht nötig sein
wird. Nachdem er das Mädchen vom kalten
Fußboden hochgehoben hat, lässt er noch
schnell seinen Blick durchs Zimmer schweifen,
ob sonst alles in Ordnung ist. Er sieht, das
Ofentürchen ist geöffnet. Aber es gibt keine
Glut im Ofen. Nur Asche. Die beiden Türchen
vom Küchenschrank stehen weit geöffnet.
Außer Tassen und Teller ist nichts darin. Ver-
derbliche Essenswaren befinden sich nicht im
Hause. O Schreck! Poliktim drückt entsetzt das
Mädchen an sich: Da hustet jemand in der Ecke,
wo das Bett steht. Mit Alona auf dem Arm tritt

er an das einzige Bett im Zimmer. Mit einer freien Hand zieht er die leichte Decke von den beiden kleinen Kindern. Da liegen die dreijährige Natascha und der zehn Monate alte Junge Sergej eng aneinandergeschmiegt – leblos. Da hat er nun drei Kinder! Poliktim hält kurz inne. Denn in einer stillen Minute kann mehr Gutes entschieden werden als im unüberlegten, hektischen Tun. Poliktim betet.

Die beiden Kinder sind mit einem Mäntelchen zugedeckt, das Alona passen dürfte. Hat sie ihr eigenes Mäntelchen ausgezogen, um ihre Geschwisterchen damit zuzudecken? Die Kinder fühlen sich schrecklich kalt an. Aber wo ist die Mutter der Kinder? So oft sich Poliktim auch umschaut, die Mutter ist nicht im Häuschen.

Was nun passiert, ist ein Kunststück. Poliktim legt erst Alona auf den Schlitten. Die sonst so lebhaften, neugierigen Hunde scheinen zu verstehen, dass für Balgen im Schnee jetzt keine Zeit ist; sie schnuppern vielmehr an Alonas Kleidung. Als Pastor Poliktim die beiden Kleinen aus dem Haus trägt, bellen die Hunde aufgeregt. Vorsichtig legt Poliktim sie auf den viel zu kleinen Schlitten, bindet die Hunde los –

und ab geht die Fahrt. Poliktim steht am Ende der Kufen und steuert die Hunde in die Stadtmitte ins Krankenhaus.

D ie Kälte herrscht auch hier auf den Krankenstationen. Der Chefarzt macht ein bedenkliches Gesicht, als Poliktim die Kinder auf die Station trägt.

Noch am selben Abend geht Pastor Poliktim mit seiner Frau Vala ins Krankenhaus, um nach den drei Kindern zu sehen.

Mit großem ärztlichem Aufwand werden die Kinder gerettet. Jedes Kind scheint einen seelischen Schock erlitten zu haben. Was aber soll nun mit ihnen werden? Wer kümmert sich künftig um die Kleinen? Denn bisher ist und bleibt die Mutter der Kinder unauffindbar.

Vala und Poliktim beten über den Kindern, die ihnen so leidtun. Als sie abends daheim ankommen, sind sie Gott sehr dankbar dafür, dass die Kinder rechtzeitig gefunden worden sind, aber sie fragen Gott auch: »Wer kommt jetzt für die Kinder auf? Wer kann konkret helfen?« Sie überlegen weiter: Wo gibt es ein Kinderheim für sie? Aber wer finanziert dann dort ihren Aufenthalt?

»Eure eigenen sechs Kinder sind schon junge Erwachsene. Ihr beide fragt mich, was zu tun ist?«, fragt Gott. »Ihr fragt mich, wer konkret helfen kann. Gut gefragt. Ich kenne ein Ehepaar. Ich will euch die Eheleute zeigen. Stellt euch vor den Spiegel im Wohnzimmer.«

Vala sieht zuerst sich, dann ihren Mann Poliktim – nun schauen beide einander an und lachen.

»Danke, himmlischer Vater, das war eine Lektion, die wir sofort verstanden haben!«

Vala wirft alsbald ihre Bedenken über Bord. Sie hatte an ihre venenkranke Beine gedacht. Das war für sie ein gewichtiges Argument, sie und ihr Mann könnten die drei Kinder nicht vorläufig zu sich nehmen.

Beide finden in der Nacht überhaupt keinen Schlaf.

Als Vala und Poliktim am nächsten Morgen wieder ins Krankenhaus gehen, um nach den drei Kindern zu schauen, hat Vala für den zehn

Monate alten Sergej einen Apfel mitgebracht und eine Glasraspel. Als sie den Apfel zerrieben hat und ihm Löffel um Löffel reicht, streckt Sergej, der bislang nicht sprechen kann, seine dünnen Ärmchen Vala entgegen, um sie ihr um den Nacken zu legen – und sagt sein erstes Wort: »Mama!« Nun weiß Vala: Ich nehme den Jungen sofort mit nach Hause. Poliktim ist einverstanden: Vielleicht kommt eines Tages die Mutter zurück. Bis dahin bekommen Sergej und seine beiden Schwesterchen ein gutes Zuhause.

Noch monatelang kann Sergej nur *ein* Wort sprechen: »Mama!« Und in diesem Wort liegt Glück. Und Freude. Das Kind fühlt sich geborgen. Die beiden Mädchen nicht weniger.

Die junge Witwe hat ihren Vater besucht. Obwohl er krank ist, ist es für ihn selbstverständlich, dass Luba und ihre drei Kinder zu ihm ins Haus ziehen. Hier ist Platz genug. Der große Rucksack wird halb mit Holzscheiten gefüllt, dann kommen die

Kartoffeln und obendrauf legt ihr Vater ein geschlachtetes Huhn, drei rote Beeten, Salz und eine kleine Flasche Essig, dazu ein ordentliches Stück Speck und eine Tüte Nudeln. Nicht nur der Rucksack ist bis oben voll, auch Luba ist voll Freude, als sie die Skier ihres verstorbenen Mann an ihren Stiefeln festschnallt.

»Vater, ich bin dir so dankbar für deine Güte. Wir kommen bald zu dir. Dann pflege ich dich gesund. Und die Kinder werden dir Freude bereiten. Sie sind so lieb.«

Der Vater winkt ihr noch lange mit dem Taschentuch nach.

»Mein Kind, du trägst eine kostbare, aber sehr schwere Last – für deine Kinder. Komm gut heim, liebes Kind!«

Als das Tauwetter einsetzt, finden Waldarbeiter Mutter Luba im Schneegrab. Sie hat noch den schweren Rucksack auf dem Rücken mit all den wertvollen Lebensmitteln für ihre Kinder darin. Die Skier sind nicht abgeschnallt.

Wenn es möglich ist, besuche ich meine ehemaligen Studenten. An diesem Wochenende kann ich bei Vala und Poliktim sein.

Für ihre drei Kleinen habe ich etwas zum Naschen und Spielsachen mitgebracht. Auch Kinderkleidung und neues Schuhwerk ist in den Koffern. Deutsche Missionsfreunde haben mir Geld gegeben, damit ich Matratzen, Bettwäsche und warme Decken für die Kinder kaufen kann, denn im Pastorenhaushalt fehlt es an vielen Dingen.

Natascha sitzt den halben Tag auf meinem Schoss. Sie ist ein stilles Kind. Wenn Vala oder Poliktim, ihre neuen Eltern, Geschichten aus der Bibel erzählen, fängt Natascha oft an zu weinen. Ihr Herz ist bewegt, wenn der Herr Jesus die Kinder segnet, wenn Er kranke Menschen anrührt und sie gesund macht – wie das Töchterchen des Jairus. Natascha kauert sich zusammen, wenn sie hört, wie die damalige Staatsmacht den Herrn Jesus prügelt und verurteilt. Sie hüllt das Gesicht in ihre Schürze, wenn Vala den Kindern erzählt, wie Männer mit harten Herzen den Herrn Jesus an einem Kreuz aufhängen, wo er angenagelt wird und verblutet. Und das alles, weil Jesus der einzige Sohn Gottes ist, der alle Menschen liebt. Liebe vertragen längst nicht alle Menschen. Nicht alle Menschen wollen sich mit Gott, dem himmlischen Vater, versöhnen lassen.

Als Natascha eines Abends hört, wie gefährlich es um Mamas Beine steht und wie sie immer Schmerzen hat, da kann sie nicht schlafen und weint – bis die Eltern die Kleine ins eigene Bett nehmen.

Die Älteste, Alona, besucht inzwischen ein Internat, das Vala und Poliktim finanzieren. Sie ist eine fleißige Schülerin – aber es fehlt ihr etwas, was kein Lehrer ihr geben kann: menschliche Nähe. Sie leidet an Heimweh. Wieder redet der lebendige Gott mit Vala und Poliktim. Dann kommt der große Tag, als Alona das Schuljahr mit guten Noten abgeschlossen hat. Doch nun kommt sie endgültig heim. Sie blüht zu Hause auf und singt schon in der Frühe Jesuslieder. Sie fühlt sich verantwortlich für die beiden jüngeren Geschwisterchen, wäscht die Kinderkleider und kocht Suppe für sie – damit ihre neue Mutter sich aufs Sofa hinlegen kann, um ihre entzündeten Venen zu schonen.

Am Abend vor dem Schlafengehen will ich den Kindern noch »Gute Nacht« wünschen. Vorsichtig öffne ich die Tür ihres Zimmers. Aber die Kinder liegen nicht in ihren Bettchen. Alona stellt gerade eine Kerze auf den Boden und zündet sie an. Die drei Waisenkinder sitzen auf dem Boden. Der kleine Sergej brabbelt fröhlich vor sich hin. Alona streichelt das frischbezogene Kopfkissen, das ich aus Deutschland mitbrachte, zieht dann unter ihrem Kopfkissen eine bebilderte Kinderbibel hervor, die ich ebenfalls aus Deutschland mitbrachte und beginnt, eine Jesus-Geschichte zu lesen. Natascha ist ganz Ohr. Mucksmäuschenstill stehe ich an der Tür und werde im Halbdunkel nicht gesehen. Dann beten die beiden Mädchen für Mamas Beine, die ihr so wehtun. Natascha betet für Vater Poliktim und seine Arbeitsstelle, die in Gefahr ist, weil es keine Arbeit gibt. »Und lieber Herr Jesus, segne die Menschen in Deutschland, die für uns beten und die uns so wunderschöne Sachen geschenkt haben. Du segnest sie alle.«

Alona fügt schnell hinzu: »Ja, das tust du ganz bestimmt!«

Als das kleine Brüderchen in sein Bettchen gelegt und zugedeckt worden ist, rüttele ich leise an der Zimmertür und tue so, als sei ich soeben in den Raum getreten.

Die Mädchen begrüßen mich stürmisch und Sergej klettert sogar aus seinem Bettchen.

»Kinder, ihr segnet eure Eltern. Das ist gut. Ihr betet für die Freunde in Deutschland. Auch das ist gut. Aber nun segne ich euch beide – in Jesu Namen!«

»Auja! Mach das!«, meint Natascha.

Alona flüstert mir zu: »Vergiss aber nicht, für Vala und Poliktim zu beten und sie zu segnen. Sie sind so gut zu uns.«

Aus jahrhundertealten Käfigen befreit

Bereits vier Jahre nach dem Anfang unserer Dienste gründeten wir die »Evangelische Kirche der Albaner«, die heute elf Gemeinden zählt. Die Eigenart dieser Kirche ist: Sie ist so arm, dass sie bisher keine Kirchen hat bauen können. Auch verfügt sie nicht über Gemeindehäuser. Die Gläubigen treffen sich in Parks und in den Bergen. Bei schlechtem Wetter und im Winter mieten sie sonntags für eine Stunde einen Gaststättensaal. Das dürfte wohl einmalig in Europa sein: Da existiert eine evangelistisch sehr aktive Kirche – ohne Kirchen! Und sie wächst beständig. Ein Beispiel: Ich habe im Sommer volle zwei Stunden am Adriastrand im Wasser gestanden und 52 Männer getauft. In diesem Jahr warten bereits wieder zig junge Leute darauf, getauft zu werden. Ihr Bekenntnis zu Jesus Christus, dem auferstandenen Herrn und Heiland, geht oft einher mit großem Widerstand in den eigenen Familien, die traditionell muslimisch geprägt sind. Doch das Zeugnis der jungen Christen ist stärker: Jesus ist ihr Retter und ihr Friede.

Albanien

Die Hauptstraße in Tirana ist an diesem Tag nicht übermäßig befahren. Pastor Bedri fährt wie immer das Missionsauto umsichtig und rücksichtsvoll, zwischendurch schaut er kurz auf die Armbanduhr. Bis zum vereinbarten Termin mit einem Gemeindeglied ist noch genügend Zeit, sodass Eile nicht geboten ist. Rechts am Bürgersteig hält der Linienbus. Fahrgäste steigen aus, danach steigen andere ein. Als der Bus anfährt, will ein Jugendlicher noch schnell vor dem Bus die Straße überqueren und achtet nicht auf den Verkehr. Ist es jugendlicher Leichtsinn oder hat er es tatsächlich eilig? Wer kann das sagen? Knallbums-knall. Es ist passiert. Die Vorderscheibe des Autos zerbricht. Pastor Bedri hört in Bruchteilen einer Sekunde, wie der Junge übers Autodach nach hinten auf den Kofferdeckel prallt.

Er kann das Auto schnell auf der Hauptverkehrsstraße anhalten, steigt aus und sieht das Opfer auf dem Asphalt liegen. Bewusstlos. Passanten eilen hinzu. Sie schimpfen laut und stoppen den Verkehr. Frauen wimmern und kreischen abwechselnd. Immer mehr Schaulustige stehen um den Jungen und bilden eine

Menschenmauer. Als Pastor Bedri sich über den Jugendlichen beugt und am Hals nach seinem Pulsschlag fühlt, ist er für ein paar Augenblicke erleichtert: Der Junge lebt! Schon sucht er mit seiner linken Hand nach dem Mobiltelefon in seiner Hosentasche und wählt die Notrufnummer. »Schnell! Einen Notarzt und einen Krankenwagen! … Ja, ein Jugendlicher ist verunglückt. Bewusstlos. … Ja, er blutet. Der Aufprall mit meinem Auto war gewaltig. Beeilt euch! … Mein Name? Bedri.«

Schnell wählt er auch noch die Polizeinummer.

Erst jetzt kommt er dazu, nach den Schäden am Missionsauto zu schauen. Die Stoßstange ist verschoben, die Motorhaube erheblich eingedellt, die Autoscheibe vorn ist zerbrochen. Wieder holt Pastor Bedri tief Luft, wirft schnell noch einen Blick auf den Deckel des Kofferraums: Auch er ist eingebeult.

Er beugt sich wieder über den Jugendlichen und fühlt den schwächer werdenden Puls und betet leise: »Herr Jesus, Du Heiland und Helfer, steh dem Jungen bei. Rette ihn! Du kannst es wirken: Ja, rette ihn! Das wäre eine zu große

Hypothek für unsere Missionsarbeit in Albanien, sollte er sterben. Erbarm Dich über uns. Bitte, Herr Jesus!«

Wenige Augenblicke später: Der Junge krümmt sich. Er atmet tief. Kurz öffnet er die Augen. Pastor Bedri hört von Weitem das Signalhorn des Rettungswagens. Das Signal scheucht die Schaulustigen von der Unfallstelle weg – zurück auf den Bürgersteig. Der Verunglückte versucht, sich ruckartig aufzurichten, aber sein Kopf fällt kraftlos auf den Asphalt. Er wimmert: »Mama, hilf! Mama …!« Dann liegt er wieder wie bewusstlos da. Die eingetroffenen Sanitäter springen herbei. Der Junge wird behutsam auf eine Trage in den Krankentransporter geschoben. Noch immer jammert er leise: »Mama, Mama …!«

Bedri springt – ohne zu fragen – in den Krankenwagen und sieht zu, wie der Notarzt mit gekonnten Griffen die Erstversorgung übernimmt. Schon setzt sich das Sanitätsauto in Bewegung. Wieder ertönt das Signalhorn. Es scheint ein Rennen mit der Zeit zu werden. Still betet Pastor Bedri dafür, dass der Notarzt das Richtige tut, um den Jungen zu retten. Kurz schaut der Mediziner den Pastor an:

»Sind Sie der Vater des Jungen?«

Pastor Bedri schüttelt den Kopf. Sein eigener Sohn Alban ist bestimmt zwölf Jahre älter als dieser verunglückte Junge.

»Wer sind Sie denn?«

Bevor Pastor Bedri antworten kann, folgt bereits die nächste Frage:

»Haben Sie den Unfall verursacht?«

»Ich bin Pastor Bedri.«

Der Arzt legt die Infusion an, sodass dem Patienten lindernde Schmerzmittel durch die Kanüle zugeführt werden. Er schaut nun Pastor Bedri direkt an.

»*Pastor* sind Sie? So jemand ist mir in Albanien noch nie begegnet. Nie!«

Das Sanitätsauto schwenkt in die Auffahrt zum Haupteingang des Krankenhauses ein und bleibt stehen. Zwei Krankenpfleger stehen schon dort in Wartestellung mit einer frischbezogenen Rolltragbahre. Die Bahre mit dem verunglückten Jungen wird hastig in die Notaufnahme geschoben, der Notarzt läuft daneben – den Tropf hochhaltend. Er wirft im Vorbeigehen Pastor Bedri einige Sätze zu:

»Benachrichtigen Sie die Eltern des Jungen!«

»Als Unfallverursacher kann Ihnen das nur zugutekommen.«

»Bis dann! Wir sehen uns demnächst!«

Ich, denkt Pastor Bedri, der »Unfallverursacher«? So sieht es der Notarzt. Wird es die Polizei auch so sehen? Das würde Gefängnis für mich bedeuten! Und die Eltern des Jungen? Werden sie *mir* den Unfall anlasten? Wo wohnen die Eltern? Ich sollte sie bald finden. Dann kann ich ihnen den tatsächlichen Hergang des Unfalls schildern! Aber ich kenne nicht mal ihren Namen. Aber werden sie mir glauben? Wenn sie mich bezichtigen, unschuldiges Blut vergossen zu haben, was dann? Werden sie mir Blutrache schwören?

Pastor Bedri kennt den »Kanun«, das »Gesetz«, das in Albanien volkstümlich die Gerichtsbarkeit regelt: Blutstropfen um Blutstropfen. Zahn um Zahn. Tod um Tod. Sohn um Sohn!

Endlich findet Pastor Bedri den Vater des verunglückten Jungen. Er reagiert wie befürchtet: »Sie haben Schuld am Unfall. Rache dir und deiner Familie! Ab jetzt gilt: Sohn um Sohn!«

Die Polizei stellt zwischenzeitlich fest: Pastor Bedri fuhr nicht schneller als 45 km/h. Der Vierzehnjährige lief – ohne sich umzuschauen – vor das Auto. Die Schuld liegt eindeutig beim Jungen.

Erst lässt Pastor Bedri das beschädigte Missionsauto in die Werkstatt abschleppen. Ein Kostenvoranschlag wird erstellt: 1 220 Euro. »Das ist viel, viel Geld, das ich nicht habe. Herr, wozu soll der Unfall dienen?«

An mehreren Tagen versucht Pastor Bedri den aufgebrachten Vater zu beruhigen, der voll Zorn steckt und stets nur Rache schwört. Sein Bruder, der zur »Muslimbruderschaft« gehört, stachelt seinen Bruder an: Rache muss sein. Die »Muslimbruderschaft« wird vom Staatssicherheitsdienst ständig beobachtet, weil sie in Albanien einen Umsturz mit dem Ziel plant, einen »Gottesstaat« nach dem Vorbild des Iran zu errichten. Die beiden Männer sind entschlossen, bei der Familie von Pastor Bedri die Blutrache auszuüben. So haben sie es sich geschworen. Der Krankenhausbefund sagt es deutlich: Der Junge hat mehrere Knochenbrüche, eine Schädelfraktur und innere Verletzungen davongetragen. Der stadtbekannte Pastor Bedri erfährt von dem Plan: Die angekündigte Rache wird bereits von der streitsuchenden Familie vorbereitet. Alban, Pastor Bedris Sohn, kann sich nicht mehr auf der Straße blicken lassen – Schlimmes könnte ihm angetan werden.

Bald findet Bedri heraus, dass der verunglückte Junge aus einer armen Familie stammt, die nicht in der Lage ist, die Krankenhauskosten zu tragen, die Ärzte zu bezahlen und die nötigen Medikamente und das Verbandszeug in der Apotheke zu kaufen. Bei einer Krankenkasse ist die Familie nicht versichert. Alles muss sie selber finanzieren. Der Unfall droht für sie zur Katastrophe auszuarten.

Im Gebet wird Pastor Bedri klar: Wenn ich ein Darlehen bei Freunden aufnehme, kann mit diesem Geld eine schreckliche Familienfehde, ein Blutbad, verhindert werden.

Wird der muslimische Familienvater das Angebot annehmen? Oder lehnt er die 5 515 Euro ab? Für Pastor Bedri ist das »Versöhnungsgeld« eine ungeheuerlich hohe Summe, die ihn von nun an schwer belasten wird. Wie soll er dieses geliehene Geld seinen Freunden je zurückzahlen? Aber es geht ihm darum, ein Zeichen des Friedens zu setzen.

Nach einigen Aussprachen mit dem Familienvater scheint das Eis mehr und mehr zu schmelzen. Zuerst öffnet sich der Muslim der Güte und Liebe, von der Pastor Bedri nicht nur redet – er schafft Tatsachen. Seine ausgestreckte Hand mit dem Geld darin erweist sich schließlich stärker als der bisher vorherrschende Hass. Der muslimische Familienvater bewegt sich von Tag zu Tag mehr wie aus einem Käfig heraus, in dem seit hunderten von Jahren seine Familie eingeschlossen war: »Auge um Auge. Blutstropfen um Blutstropfen!«

Dieser Sinneswandel der muslimischen Familie spricht sich in Tirana herum: »Es gibt in der Welt Gnade? Ja?«

»Gnade soll nun vor Recht gehen?«

»Es gibt Aussöhnung? Aber die gab es doch bisher auch nicht, oder?«

»Es gibt sie – die göttliche Liebe?«

Während dieser Umbruchzeit, die durch Mundpropaganda von sich reden macht, gesundet der Vierzehnjährige, der die innere Veränderung bei seinen Eltern bemerkt. Er bittet darum, Pastor Bedri möge zu seinem fünfzehnten Geburtstag kommen; sein fanatischer Onkel aber soll zu Hause bleiben.

Es kommt der Tag, als Eltern und Geschwister zusammen mit Pastor Bedri am Bett des Jungen stehen. Der Junge reicht spontan dem Pastor die Hand und sagt mit deutlicher Stimme: »*Ich habe den Unfall verursacht!*«

Durch diesen schweren Unfall erwächst sichtbar eine neue Ordnung – in Stadt und Land. Denn der Wille, dem bisher angewandten Recht der Rache zu folgen, weicht in dieser Familie – und in anderen Familien auch! Die Blutrache soll durch »Gnade«, »Vergebung« und »Versöhnung« ersetzt werden – wie Christen sie praktizieren.

»Warum machen wir es den Christen nicht nach?«, fragen sie. Die muslimischen Familien wollen jetzt in vielen Gesprächen von Pastor Bedri wissen: Wieso hat Gott allen Menschen diese Würde der Versöhnung zugedacht? Wie hat Gott dich dazu gebracht, versöhnt zu leben? Wir sehen an dir: Diese Würde ist stärker als das traditionelle Rache-Recht ?

Pastor Bedri erzählt und erklärt. In die hassgewohnten Menschen fallen Feuerfunken der Liebe.

»Am Gott der Christen muss Großes und Wahres sein, denn sie lieben uns, als wir noch nicht wussten, was die göttliche Liebe für eine umwälzende Kraft besitzt.«

»Christen strecken uns zuerst die Hand entgegen, weil Gott sie bereits versöhnt hat. Die Schuldfrage ist bei ihnen wunderbar gelöst!«

»Ich habe verstanden: Gott ist versöhnt – durch das blutige Opfer Seines gehorsamen Sohnes Jesus – am Kreuz von Golgatha!«

»Ja, darum handeln Christen anders als wir.«

»Christen sind innerlich geheilte Menschen, weil sie zum Vergeben bereit sind!«

»Lasst es uns ihnen gleich tun!«

Dieser Wandel ist in Albanien voll im Gange.

Konnte Pastor Bedri am Unfallstag diese Entwicklung ahnen? Wohl kaum. An diesem Tag sah er nur dunkle Wolken über sich hängen, die ihn fast erdrückten, obwohl er wusste, dass der himmlische Vater aus jeder schiefen Lage etwas Besonderes zimmern kann, weil Gott immer Gedanken des Rettens hegt. Das ist Sein Naturell, seine Wesensart.

Was aber wäre passiert, wenn Pastor Bedri bei seinen finanziellen Sorgen stehen geblieben wäre, ohne opfernd zu handeln? Wenn er nicht als Erster seine Hand ausgestreckt hätte? Dann hätte am Ende unausweichlich »Blut um Blut«, »Sohn um Sohn« gegolten. Die Rachespirale scheint aber nun zu Ende gekommen zu sein – wenigstens bei einigen Familien. Pastor Bedri hat es gewagt, seine Hand als Erster zur Versöhnung den muslimischen Landsleuten auszustrecken – und ist zum Segensträger und Friedensboten geworden. Gottes Segen liegt auf ihm – und allen, die nun den göttlichen Frieden praktizieren. Ganz gewiss! Das Land aber braucht viele Christen, um innerlich auszuheilen.

Zur Person

Die **Studenten** in Albanien, im Kosovo und sonst wo sagen »Professor« zu mir.

Einverstanden.

In den **ukrainischen Gemeinden** sprechen die Gläubigen mich als »Pastor« an.

Nun – der bin ich ja auch.

In **rumänischen und deutschen Brüder- und Gemeinschaftskreisen** bin ich schlicht und einfach ihr »Bruder Gerhard«.

Das passt zu mir.

Meine Eltern nannten mich »onze Geert«, unser Gerhard. Diese niederländisch-sprachige Liebkosung klingt immer noch in meinen Ohren.

Unvergesslich!

Für den **himmlischen Vater** bin ich der nach Hause gekommene «verlorene Sohn». Er sagt es so: »Dieser mein **Sohn** war tot und ist wieder lebendig geworden; er war verloren und ist wiedergefunden worde!.«

Gut, nicht wahr? Das höre ich am liebsten und freue mich täglich darüber.